사랑의 기원

박인 소설집

사랑의 기원

박인 지음

발행처	도서출판 **청어**
발행인	이영철
영업	이동호
홍보	천성래
기획	육재섭
편집	이설빈
디자인	이수빈 ǀ 구유림
인쇄	정우인쇄
등록	1999년 5월 3일 (제321-3210000251001999000063호)

1판 1쇄 발행 2025년 11월 5일

주소	서울특별시 서초구 남부순환로 364길 8-15 동일빌딩 2층
대표전화	02-586-0477
팩시밀리	0303-0942-0478
홈페이지	www.chungeobook.com
E-mail	ppi20@hanmail.net
ISBN	979-11-6855-395-8(03810)

이 책의 저작권은 저자와 도서출판 청어에 있습니다.
무단 전재 및 복제를 금합니다.

작가의 말

말보다 더 중요한 것은 그가 쓴 문장 그 자체이다.
작가는 작품으로 말할 뿐이다.

차례

작가의 말 3

영(靈)을 만나서 6
소리의 아버지 32
다시, 봄 62
녹주 94
판라꾸 132
김산을 따라서 전진 168
수안 176
구두 한 켤레 194
후추나무 202

해설_황유지(문학평론가) 211
이토록 보드라운 복수, 그 위무의 기원

영(靈)을 만나서

1

 열두 살인데도, 나는 밤이 두려웠다. 거대한 괴물처럼 다가오는 어둠이 무서웠다. 밤 열두 시 괘종시계가 울리면 온몸에 피칠을 한 사내가 왔다. 창문을 열고 들어와서 눈을 하얗게 뒤집으며 자신은 억울하게 죽었다고 내 목을 졸랐다. 식은땀이 흘렀다. 공포에 질려 안방으로 건너가서 엄마 옆에 누워도 귀신은 쫓아왔다. 그냥 가위에 눌리는 거라며 엄마는 귀찮은 듯 말했지만 내 눈에는 사내가 보였다. 다음 날 밤, 사내는 새벽 한 시를 알리는 시계 소리가 들릴 때까지 내 귀에 무슨 소리를 중얼거렸다. 나는 눈을 뜰 수가 없었다. 눈을 뜨면 그는 내 목을 졸랐다. 밤이면 밤마다 피 칠갑한 남자에게 시달리고 나면 나는 오줌을 지리곤 했다. 지독한 밤이었다. 일부러 잠이 깨어 있는 날은 그가 오질 않았다. 사내는 유리창밖에서 어른거리다 가버렸다. 그러면 은하수가 흐르는 꿈을 꾸었다. 사내가 온 날 아침이면 나는 늦잠을 자서 엄마에게 혼이 났다.

그날 내가 거적때기를 들추고 본 것은 기차에 치여 목과 다리가 잘린 사람이었다. 눈을 까뒤집고 죽은 사람의 머리가 몸통 옆에 피범벅이 되어 구르고 있었다. 몸통은 엎어져 있고 두 손은 전깃줄에 묶여있었다. 팅팅 부은 얼굴 옆과 가랑이 사이에 발목 위에서 잘린 양발이 ㄱㄴ 모양으로 버려져 있었다. 나는 목이 잘린 얼굴을 빤히 들여다보았다. 부어오른 얼굴이 낯이 익었다. 어디서 보았을까. 누구더라, 잠깐 기억을 떠올리는 사이에도 피비린내가 났다. 가마니를 들춰보라고 내 옆구리를 찌른 계집애는 갑자기 미친 듯이 울었다. 얼마나 크게 울었는지 기찻길 옆 시체 근처에서 어슬렁거리던 산동네 개와 새들이 놀라서 달아났다.

"너 귀신 본 적 있니? 난 매일 본다."

작두 타는 할아버지 귀신과 말을 주고받는다는 계집애 말은 거짓일 것이다. 괜스레 배시시 웃으며 계집애가 손가락으로 내 옆구리를 찌르자 오기가 생겼다. 예쁘지는 않지만, 딱히 밉지도 않은 얼굴이었다. 하지만 이유도 없이 실실거리는 게 마음에 들지 않았다. 나는 그저 그 애가 굿상에서 집어 오는 떡이나 사탕 따위를 기다릴 뿐이었다. 계집애가 찔러보는 바람에 코흘리개 몇을 밀치고 내가 나섰다. 아무도 찾아가지 않는 시체는 방치된 채로 썩어 그 냄새가 기찻길 옆 언덕을 넘어 산동네까지 번졌다. 산동네 골짜기에는 다닥다닥 붙여서 지은 판잣집들이 낮게 엎드려 있었다. 집집이 문을 걸어 잠그고 집 밖으로 출입하지 않았다. 가마니를 들어 올리자 계집애가 다가왔다. 파리 떼가 날자 썩은 냄새가 코를 찔렀다. 정작 계집애는 시체를 보고 나서는 헛소리를 하며 울었다. 순경이 아이들을 쫓아낼 때까지 계집애는 혼이 빠진 사람처럼 하늘을 보았다. 나는 점심때 먹은 빵조각을 다 토했다.

 죽은 사내가 귀신이 되었는지는 몰라도 우선 나는 쥐잡을 걱정부터 했다. 내일 당장 쥐꼬리 두 개씩을 학교에 가져가야 했다. 늘어지게 하품하는데 쥐새끼 소리가 들렸다. 어제 마룻바닥 밑에 설치한 쥐덫이 생각났다. 부엌 바닥에서 달걀을 굴려서 천장까지 옮길 만큼 영리한 쥐는 쥐약을 먹지 않았다. 생선 반 토막에 속은 커다란 시궁쥐가 쥐덫에 걸려있었다. 쥐를 잡고 나서는 반공 표어를 지어야 했다. 반공 포스터 숙제를 제때 내지 못한 날 담임선생님의 화난 얼굴이 떠올랐다. 손바닥을 맞으면서 본 선생님 얼굴은 화가 난 게 아니라 기분이 너무 좋아서 그걸 참아내느라 입꼬리가 말려 올라간 것처럼 보였다. 마치 촌지를 받을 때 짓는 미소처럼. 그 얼굴로 회초리가 부러지고 출석부가 뒤틀리도록 여자애들을 때렸다. 남자아이들에게는 둘씩 짝을 지어 마주 보고, 서로의 뺨을 치도록 했다. 정말로 세게 때리지 않으면 다른 조 아이들과 붙었고, 성격이 모질지 못한 아이일수록 더 맞아야 했다. 나는 초장에 일부러 뺨을 때리는 아이 쪽으로 머리를 돌려 더 세게 맞고 늘 멋있게 널브러졌다. 머리에는 피딱지가 마를 날이 없었다. 나는 쥐덫에 잡힌 쥐를 세숫대야에 담가서 죽일 계획이었다. 그러나 내일 아침까지 헤엄을 쳐서 살아남을 수도 있기에 그냥 마루 밑에서 굶어 죽게 내버려 두었다.

밤은 다시 나를 찾아왔다. 쇠못 칼을 손에 쥐고 웅크려 누운 나는 사내를 기다렸다. 밤 열두 시가 되자 심장이 쿵쾅거리고 금방이라도 멎을 것 같았다. 얼음처럼 차가운 바람이 불어오더니 피범벅이 된 사내가 내 목을 졸랐다. 무딘 칼은 쓸모가 없었다. 손이 풀리면서 스르르 빠져나갔다. 나는 처음으로 눈을 뜨고 사내 얼굴을 자세히 보았다. 밤마다 내 목을 조르던 귀신이 이번에는 가만히 있었다. 그는 내 목을 조르지 않고 어둠 속에 서 있다. 창이 형이다! 나는 비명을 질렀다. 잘못했어요. 나는 누나의 하얀 발밑에 놓인 유서를 훔쳐 읽고 돌려주지 않은 벌이라 생각했다. 사내는 고개를 저으며 달려들었다. 살려줘. 살려달라는 목소리는 나오지 않고 기를 쓰다 나는 기절했다. 기절하는 순간, 무당집 계집애가 스쳐 지나갔다. 내일 만나 죽도록 패주리라. 나는 주먹을 쥐고 파르르 떨었다.

 아침에 엄마는 내게 쥐꼬리가 담긴 봉투를 주었다. 머리가 으스러진 쥐는 연탄재 통 아래 죽어있었다. 새마을 노래가 흘러나오는 동사무소 앞을 지나 학교로 가는 기찻길 옆길에서 나는 무당집 계집애를 기다렸다. 사내의 시체는 온데간데없었다. 계집애는 보이지 않았다. 교실에도 계집애는 나타나지 않았다. 집에 오니 무당집 딸년이 아프다는 엄마가 말하는 소리가 들렸다. 사체가 치워진 날부터 사내 귀신은 자주 오지 않았다. 이틀이 지나도 계집애는 학교에 나오지 않았다. 진달래가 지천으로 핀 봄날의 저녁에, 산동네 무당집에서 굿하는 소리가 들렸다. 나는 한달음에 무당집으로 올라갔다. 붉은 깃발이 휘날리는 당집 앞에는 신내림을 받은 계집애 운동화, 색동 과자와 고수레한 제삿밥이 놓여있었다. 어둠이 몰려오고 있었다. 그 어둠은 야수처럼 산동네를 집어삼킬 기세로 다가오고 있었다.

2

　목련화 한 송이가 떨어졌다. 아랫집 정옥이 누나가 죽었다. 불과 이틀 전에도 내 숙제를 도와주며 생글생글 웃던 누나가 목을 매고 죽었다. 방에 들어서는 순간, 벽에 목이 걸린 누나의 하얀 다리가 보였다. 누나가 나를 놀리려고 머리를 풀고 벽에 기대어 서 있는 줄 알았다. 나는 울음을 삼키며 누나 발아래 떨어진 유서를 집어 읽었다. 술주정뱅이 새아버지와 대출이 놈을 원망하는 내용이었다. 유서를 주머니에 넣고 나는 누군가 달려올 때까지 악을 쓰며 울기 시작했다. 고등학교를 졸업하고 봉제공장 일자리를 알아보던 누나는 내게 중학교 기초수학을 가르쳐 주었다. 서울의 국립대학에 합격했지만, 돈이 없어 등록을 포기한 누나였다. 누나가 곁에 오면 다이얼 비누 냄새 때문에 코가 간지러웠다. 노란 원피스를 입고 라일락이 만개한 산동네 언덕길을 내려오는 누나. 한 겨우내 튼 손에 바셀린을 발라주던 착한 누나.

　나는 공사장에서 주워 온 긴 대못 세 개를 들고 철길로 내려갔다. 엊저녁 형에게 얻어맞은 갈비뼈가 욱신거렸다. 길게 두 줄로 뻗은 철로에는 기차가 떠나며 남긴 기름똥 흔적과 파쇄석이 깔려 있었다. 사람이 만든 육상

교통수단 중에서 디젤기관차가 제일 멋있었다. 연기를 내뿜으며 거칠게 다가오는 기차는 거대한 짐승 같았다. 넙죽 엎드렸던 기차가 움직이며 뿜는 연기에는 경유 냄새가 섞여 있었다. 산비탈에서 굴속으로 들어가며 뿜는 기차 연기를 깊숙이 들이마시면 몽롱해졌다. 기찻길 옆 오막살이 아이들은 자욱한 연기에 반쯤 취해 앞이 안 보이는 비탈진 골목길을 뛰어다녔다. 철도 역무원의 눈을 피해 빠른 속도로 레일 위에 대못을 세로 방향으로 놓고 철로 옆 수풀로 도망쳐야 했다. 대못 머리는 이미 둥근 자갈로 두드려서 납작하게 만들었다. 레일 위에 침을 뱉고 못의 몸체를 문질러 붙이고 나는 풀숲에 엎드렸다.

대출이 놈은 연기학원에 다니며 가끔 영화에 엑스트라로 출연했다. 그놈은 고등학교 시절부터 싸움을 잘했다. 늘 동네 건달들과 무리를 지어 다녔다. 불량기가 가득 찬 얼굴로 다리를 건들거리며 어깨에 힘을 주고 걷는 그는 동네 사춘기 사내아이들의 우상이었다. 그는 창이 형을 미워했다. 정옥이 누나가 대학물을 먹은 창이 형을 좋아하기 때문이었다.

기차가 지나가고 나면 바퀴에 연달아 눌린 쇠못은 마치 작고 가는 칼날의 모양새로 납작해져 있었다. 호루라기 소리가 가까워지자 나는 가시덤불 철조망을 넘어 언덕긴을 뛰어올랐다.

누나의 의붓아버지는 창이 형을 싫어했다. 대학에서 데모나 하는 놈이라고 만나지 못하게 했다. 내 눈에 창이 형은 나쁜 사람들을 혼내줄 슈퍼맨처럼 보였다. 내 고민도 들어주고 용기를 주는 유일한 형이었다. 개천에서 용이 난다고 산동네에서 서울대학교에 들어간 수재였다. 누나는 공부가 끝나면 내게 간혹 편지 심부름을 시켰다. 도중에 편지를 읽어보았는데 차마 눈뜨고 읽지 못할 내용이었다. 누나가 창이 형에게 그런 유치한 연애편지를 쓰는 것이 나는 정말 못마땅했다.

그날도 나는 누나의 심부름을 하러 야학으로 향했다. 누나의 편지를 읽으며 교회 쪽으로 걸어가고 있는데 누군가 편지를 낚아챘다. 대출은 다리를 건들대며 뺏은 편지를 읽었다. 주위에 있던 똘마니들이 돌려가며 읽고 모두 낄낄거렸다. 순간, 누나 대신 수모를 당한 느낌이 들었다. 건들거리는 대출이 놈의 다리를 내 딴에는 힘껏 걸어찼다. 대출이는 내 머리를 쓰다듬는 척 쥐어박았다.

"창이 그 새끼. 아마 교회에 없을 거야. 이 편지 내가 직접 전해줄 테니까. 그리고 너 매일 정옥이 모르게 편지를 읽었지? 정옥이에게 말할까? 어린놈이 까져서."

수치심에 얼굴이 벌게진 나는 머리를 가로저으며 대출

이 놈을 노려보았다. 놈이 내 가슴을 툭 밀쳤다. 바닥에 나뒹군 나는 새끼손가락을 접질리며 다쳤다.

"이 새끼 꼴통이네. 나중에 이 형님 밑으로 들어와라. 대장 시켜줄게. 내 심부름 한 번 해주라. 그럼 모른 척해줄 테니."

대출이는 그 자리에서 고쳐 쓴 편지를 접어서 내게 주었다. 나는 그 고친 글도 읽어보았다. 요일만 바꿔버렸다. 이건 순 사기꾼이었다.

누나가 편지에 쓴 만남의 장소는 뒷산 '복 준 물' 샘터였다. 나는 학교를 땡땡이치고 누나를 멀리서 기다렸다 뒤를 밟았다. 대출이는 샘터에서 기다리고 있었다. 그는 다짜고짜 누나를 산으로 끌고 갔다. 대출에게 짓눌린 정옥이 누나를 본 곳은 그늘진 계곡에서였다. 치마가 들쳐진 채 누나는 먹이가 된 새처럼 버둥거리고 있었다. 대출은 몸부림치는 누나의 하얀 팔다리와 엉덩이를 짓누르며 덮쳤다. 그러나 당장에 대출이 놈의 엉덩이를 걷어차고 누나를 구하고 싶은 마음과 달리 내 몸은 옴짝달싹할 수가 없었다. 나는 누나의 비명을 외면한 채 산에서 내려오면서 울었다. 이제부터 누나를 다시는 볼 수 없을 거였다.

쇠못으로 만든 칼을 신문지에 싸서 책상 서랍에 숨겨

두었다. 아직 날이 서지 않아 오이조차 자를 수 없었다. 유서에는 누나를 겁탈한 대출이를 원망하는 글도 적혀 있었다. 누나의 의붓아버지는 시도 때도 없이 누나를 때리고 괴롭혔다. 겨우 마련한 대학 입학금도 그 작자는 술집에 뿌렸다. 눈두덩이 시퍼렇게 부은 누나를 보고 나는 주먹을 쥐고 부르르 떨었다.

느긋하게 저녁을 먹으며 연속극을 보고 있을 때였다. 남녀가 껴안는 장면을 보자 나는 그만 대출이 놈 밑에 깔려 힘없이 버둥거리던 정옥이 누나가 생각났다. 입안 가득 문 밥을 삼킬 수가 없었다. 어쩐 일로 일찍 귀가한 형이 그런 나를 보고는 느닷없이 뒤통수를 갈겼다.

"애새끼가 뭘 안다고."

형은 그런 식이었다. 밥알이 사방으로 튀고 눈물이 흘렀지만 나는 참았다. 무릎을 꿇고 다음 날아올 주먹을 기다렸다.

열다섯 살에 일곱 식구의 가장이 된 형은 폭군이었다. 형이 술에 취해 집으로 오기 전에 나는 서둘러 숙제를 하고 방에 불을 꺼야 했다. 형은 수틀리면 인정사정없이 내 옆구리와 다리를 걷어찼다. 나무 빗자루를 들고 형이 문 앞을 가로막는 날이면 나는 죽은 목숨이었다. 자정 무렵 쿵쿵거리는 발소리가 집으로 다가오고 발길질에 문짝이 떨어져 나가는 소리가 들렸다. 동생들과 나는 컴컴한 이불 속에 숨어 귀를 열고 식은땀을 흘려야 했다. 엄마는 아버지가 없는 아이들이라서 더 엄격하게 자라야 한다고 형의 폭력을 그러려니 했다.

밤은 이슥해지고 귀신들은 아직 오지 않았다. 나는 걸어 채여 숨을 쉴 때마다 욱신대는 왼쪽 갈비뼈를 한 손으로 문지르고 일어섰다. 정옥이 누나에게 가야 할 시간이었다. 유서도 돌려주고 얼굴이라도 한번 보고 싶었다. 큰형이 깨지 않도록 조심해서 서랍을 열고 쇠못 칼 세 개를 꺼내 주머니에 넣었다. 그믐달 아래 별빛은 흐르고 봄바람이 불었다. 아랫집 계단으로 천천히 내려갔다. 새파랗게 젊은 여자가 죽은 집은 불빛도 없었다. 아랫집 대문에 조등이 걸려 있었다. 다시 컴컴한 골목을 더듬다시피 내려가다 나는 그만 무언가에 걸려 넘어졌다. 검은 옻칠을 한 관이 길을 반쯤 가로막고 벽에 기대어 있었다. 나는 관을 넘어가지 않으려고 일어섰다. 관을 뛰어넘으면 그 혼령에게 붙들려 간다고 들었기 때문이다. 머리털이 곤두서고 다리가 후들거렸다.

그때였다. 화장실 옆방 창문에서 누군가가 나를 보고 있었다. 미동도 없이 희미한 푸른 불빛 아래 정옥이 누나 얼굴이 있었다. 누나는 노란 얼굴로 나를 쳐다보고 있었다. 원망이 그득 찬 눈빛이었다. 검은 입술이 떨렸다. 누나가 죽은 지 하루가 지났다. 누나를 보자 나는 이상하게 마음이 차분해졌다. 그녀는 말이 없었다. 나는 그녀의 눈을 피하지 않고 사람이 없는 상갓집 안으로 걸어 들어갔다. 그리고 품 안에서 쇠못칼 세 개를 꺼냈다. 수돗가로 가서 물통 안에 펼쳐놓았다. 그중 제일 날이 선 못 한 개를 시멘트 바닥에 갈아대기 시작했다. 이에는 이 눈에는 눈, 학교에서 배운 선생님 말씀을 생각하며 세게 그리고 빠르게 문질렀다. 내 마음은 그러지 말라고 했지만 나는 숨은 해와 지는 달에 물었다. 대답은 한결같다. 이에는 이 눈에는 눈.

인간이 잠들고 귀신이 깨어나는 시간이었다.

3

일곱 살 선아 발에는 영혼이 사는 것일까.

새벽 한 시경. 꿈을 꾸고 있는 것인가. 꿈속인지 생시인지, 살았는지 죽었는지 세상은 묘한 경계에 펼쳐있다. 꿈속에서 나는 도망친다. 아직도 철길에 머리 잘린 남자가 쫓아오고 있다. 숨이 턱에 차고 헛구역질이 나오도록 달음박질친다. 막다른 골목길에 막혀서 주저앉는다. 선아의 맨발은 어두운 비탈길을 헤맨다. 산동네를 꿈에 사로잡혀서 거닐다가 돌아온다. 기찻길 옆 도랑에서 웅크리고 잠든 선아를 찾아서 데려온 적도 있다. 꿈에서 덜 깬 초점 흐린 눈길로 나를 바라본다. 발에는 흙이 묻어 있다.

'넌 내가 죽을 때 뭘 했니?'

이번에는 정옥이 누나가 머리를 풀고 서 있다. 누나는 살기 어린 눈빛으로 나를 쏘아본다. 나는 있는 힘을 다해 누나에게서 도망친다. 보육원에 사는 친구 경미를 부르며 밤안개 속을 걸어가는 동생을 본다. 누군가 작은 목소리로 선아를 부른다. 선아는 안개 속으로 사라진다. 산길에서 동생을 찾아 헤매다 낭떠러지로 굴러떨어진다. 눈을 뜬다. 머리에서 흘러내린 땀방울이 베개를 적신다. 식은땀이 목과 어깨를 타고 흐른다. 나 역시 밤이면 나도 모르게 깨어나서 동네를 배회했다. 자다가 깨면 새벽 동네 어귀였다.

용한이는 학교에 오지 않았다. 벌써 일주일이 넘게 코빼기도 비치지 않았다. 용한이에게 무슨 일이 생긴 것은 아닐까. 걱정돼서 보육원 앞을 몇 번이나 기웃거렸다. 평소 반겨주던 경비원 아저씨가 인상을 쓰고 쫓아내는 바람에 불어보지도 못했다. 규율 반장에게 맞아서 병원에 입원한 걸까. 아니면 생활지도 선생에게 걸려 체벌을 받은 걸까.

6학년 1반 단짝 친구 용한이는 여섯 살 때 동생과 함께 보육원에 들어갔다. 높은 담벼락에 철조망을 둘러친 보육원은 포로수용소와 다름이 없었다. 보육원 원장은 파란 눈을 가진 미국인 부부였다. 겉보기에 그들은 가난한 사람들을 도와주는 선교사처럼 보였다. 언덕에 자리한 양옥은 군대 막사처럼 줄지어 지어진 보육원 막사를 내려다보고 있다. 아침점호 후 구보하고 성경 구절을 암송해야 빵 한 조각에 죽 한 공기와 운이 좋으면 사과 한 개를 먹을 수 있다. 산동네에 도둑이 들면 사람들은 보육원 아이들을 지목했다. 그때마다 엄격한 규율이 더욱 조여지고 애먼 담장에 철조망이 겹으로 쳐졌다. 용환이는 농구를 좋아했다. 늘 나이키 농구화를 신고 다녔다. 시설 담당 공무원이 방문하기 전날 미국인 부부 원장이 선심으로 나눠준 그 운동화였다. 용환이는 미국인 원장 부부를 미워했다. 그들은 아이들을 미국으로 입양을 보냈다. 얼마 전 여동생 경미가 미국인 양부모에게 선택되었다.

빨간 모자를 눌러 쓴 규율 반장과 생활지도 선생이 원생들을 다뤘다. 생활지도 선생과 반장은 '정신일도 하사불성'이라고 적힌 몽둥이로 만만한 아이들을 팼다. 용환이도 참나무를 끌어안고 묶여서 엉덩이와 허벅지를 맞았다. 반장은 싸움 잘하는 고등학생 형들은 못 때렸다. 언제나 시퍼런 구렁이 문양의 멍이 용한이의 몸을 감싸고 있었다.

"지도교사 새끼를 죽여버릴 거야. 그 개새끼들이 어린 동생들을 건드리거든."

"용환아, 우리 같이 도망칠까?"

"그러다 실패하면 숙소 안에서 밤마다 죽도록 맞아. 도망치다 잡혀가서 독방에 갇히고 굶으면서 죽어. 끌려가서 돌아오지 않는 형들이 모두 미국에 입양 갔다고 말하지만 우리는 알아. 모두 맞아 죽었는걸."

원생들을 미국에 팔아넘기는 원장 부부는 몇 년 전에도 당국의 조사를 받았지만 무혐의로 풀려났다. 오히려 표창장을 받았다. 보육원 아이들은 더 굶주렸다. 용한이도 해골만 남은 얼굴에 두 눈만 반짝거렸다. 용한이는 내가 집에서 몰래 가져다준 누룽지를 먹다 말고 경미 주려고 주머니에 넣었다.

봄바람이 차게 느껴진다. 오한이 들자 저절로 눈이 떠진다. 아이 등이 보인다. 선아가 일어나 앉아 있다. 미동이 없다. 선아를 깨우려고 마른 등에 손을 대자 멀어진다. 선아는 일어나 방문을 열고 나간다. 흐린 알전구 불빛은 깊은 어둠을 더욱 진하게 색칠했다.
"어두컴컴한데 어딜 가니?"
 선아가 말없이 눈을 크게 뜨고 돌아본다. 눈빛이 없다. 선아는 대문을 열고 맨발로 보육원 가는 길 언덕을 오른다. 그믐 달빛 아래 나는 소리 없이 동생 뒤를 밟는다. 산동네 마을이 생기기 전 언덕 땅은 공동묘지였다. 선아는 보육원 철조망 앞에 멈춰 선다. 보육원에는 아이들이 몰래 드나드는 개구멍이 몇 개 있었다. 연탄재와 쓰레기 더미에 낮아진 보육원 담벼락에 올라선다. 선아는 곧 미국에 입양을 가는 경미가 보고 싶은 것이다.
 웅성거리는 목소리가 들린다. 나도 담벼락에 올라선다. 담장 아래 공동묘지 터에 사람의 형체들이 모여 있다. 아카시아 숲이 바람에 떨고 있다. 어둠 속 희미한 형체들이 보육원을 향해 내려가고 있다. 어느 날부터인가 학교에 나오지 않던 사라진 아이들이 거기 있었다. 목이 잘려 죽은 남자와 아랫집 누나가 보육원 막사로 이어지는 비탈길로 내려가고 있다. 귀신이나 유령은 뭔가 억울하거나 원한이 있을 때 나타난다고 했던가. 원장 사택에는 불이 꺼져 있다. 나는 꿈꾸는 선아를 데리고 개구멍을 통해 담장 철조망 아래로 내려섰다. 동생을 깨워 울리기라도 하면 온갖 유령들이 뒤를 돌아다볼 것이다. 여자애들이 모여 사는 A동 막사 옆에는 규율 반장이 지내는 숙소가 있다. 그믐달마저 구름에 가려 캄캄하다. 쇠못 칼을 손에 꺼내 든다. 숙소에는 창문에 비치는 전등불이 희미하다. 내 발은 선아의 맨발 옆에 붙어있다. 하얀 연기처럼 뭉클거리는 형체들이 일제히 숙소 창문에 달라붙는다. 창문을 통해 방안을 보니 한 사람이 누워있다. 하얀 이불 홑청을 뒤집어쓰고 있다.

아, 그 축 처진 발아래 놓여있는 낯익은 농구화 한 켤레. 나는 쇠못칼을 숙소를 향해 힘껏 던진다. 쨍그랑, 쇠못이 유리창에 부딪치는 소리가 난다. 나는 선아를 업고 아카시아 숲길을 빠르게 내려온다. 검은 형체들이 스쳐 지나간다. 등 뒤에서 유령들의 웃음소리인지 부르는 소리인지 아니면 바람 소리인지 계속 따라온다. 집에 와서 선아의 발을 닦아주고 자리에 눕힌다.

4

 창이 형이 사라졌다. 엄마가 시골로 보따리 장사를 가서 나는 저녁을 먹지 못했다. 창이 형을 찾아 나섰다. 비가 그치고 바람이 불었다. 창이 형은 집에 없었다. 벌써 일주일이 넘도록 집에 들어오지 않았다. 창이 형을 만나러 교회 청년회와 야학당을 들렀다. 데모하다 경찰서로 잡혀갔는지 모를 일이었다.

 동네를 돌아다니는데 구멍가게 주인아저씨가 쌀집 아저씨와 잡담하며 앉아 있다. 둘은 만나면 싸우는 듯 목소리가 컸다.

 "그게 창이라고 하던데."

 "그것이 정말이야? 기찻길에 죽은 사람이 창이라고? 손발을 묶어서 쥐도 새도 모르게 죽이다니."

 "달포나 집에 안 들어와서 개 엄마가 실종 신고하려던 참에 죽어서 돌아오다니."

 "그놈이 총학생회장에다가 데모주동자 아닙니까? 에이 골수 빨갱이들."

 "이 사람 할 소리 못할 소리가 있지."

 "수배자 명단에 올라 있다 않습니까."

 "데모하는 학생들이 진짜 애국자여."

창이 형이 죽었다. 철로에 손발이 묶여 죽은 사람이 창이 형이라니, 아무리 생각해도 믿을 수가 없다. 누가 죽였을까? 정옥이 누나를 울린 나쁜 형 대출이가 창이 형의 죽음과 관련이 없을까? 창이 형이 누나 원수를 갚으려다가 깡패들에게 맞아 죽었을 수도 있다.

쇠못칼 두 개를 바지 주머니에 넣고 나는 길을 나선다. 우선 친구 용환이를 찾으려고 보육원으로 향한다. 분명 꿈을 꾸는 것은 아닌데. 어디까지가 꿈이고 어디서부터 현실인지 알 수 없는 몽롱한 저녁이다. 아까시나무를 타고 올라가서 보육원 담장 철조망을 넘어 뛰어내린다. 급경사 언덕길을 내려가면서 주위를 살핀다. 사방이 조용하다. 아이들의 웃음소리와 싸우는 소리가 사라진다. 냄새나는 화장실 뒤로 숨는다. 화장실 문짝이 부서지거나 떨어져 나갔다. 기숙사동에 가도 아이들이 없다.

나는 언덕 위 미국인이 사는 사택으로 올라간다. 텅 비어있다. 사납게 짖으며 달려들던 셰퍼드도 없다. 죄수처럼 끌려가는 아이들의 모습이 떠오른다. 나는 자갈 하나를 집어 들고 사택 창문으로 던진다. 창문 깨지는 소리가 언덕에 울려 퍼진다. 뛰어서 정문으로 갔다. 보육원 이전 안내와 폐쇄를 알리는 안내문이 붙어있다. 그러고 보니 요 며칠 사이 보육원 아이들이 학교에 나타나지 않았다. 자물쇠가 잠겨있는 쇠창살 철문을 타고 넘어 산동네로 올라간다. 숨이 턱에 찬다. 쇠못칼이 바지 주머니에서 찰랑거리는 소리를 낸다. 산꼭대기에 있는 대출이네 집에 들러서 집안을 기웃거린다. 대출이 놈은 아현동 로터리 당구장에 죽치고 있을 것이다.

언덕을 넘어 당구장 가는 길에 창이 형네로 올라가는 골목으로 접어든다. 전등 한 개가 달랑 걸린 기다란 골목길은 좁고 어둡다. 검은 양복을 입은 건장한 사내 둘이 어두운 골목 끝에 서 있다. 나를 노려본다. 순간 저승사자를 만난 것처럼 무서워서 오줌을 지릴 뻔했다. 주춤거리며 사내들 사이로 빠져나간다. 골목 안쪽 끝 창이 형네는 문이 잠겨있다. 평소처럼 초인종을 눌렀는데 아무 응답이 없다. 흐린 전구 불빛 아래 노려보는 사내들의 눈길이 매서워 뒷골이 써늘하다. 골목 입구에 서성거리던 사내 하나가 다가와서 내 팔을 잡는다. 너무 꽉 잡아서 팔이 아프다.

"여긴 왜 왔어? 너 창이 찾아왔지?"

"제가 좋아하는 형인데요. 공부도 잘 가르쳐줘요."

"창이 친구 놈들 심부름해 왔지?"

저승사자가 눈을 부라린다. 나는 도리질을 한다.

"다음에 창이 친구들 보면 113에 신고해라. 알았지? 간

첩 신고!"

 나는 고개를 끄덕인다. 나는 골목길을 달린다. 바지에서 무언가 빠져나와 다리를 스치며 흘러내렸지만, 뒤도 안 돌아보고 달린다. 무서운 저승사자로부터 멀리 도망친다.

 산 사람이 죽은 귀신보다 더 무섭다.

5

 저승사자에게서 풀려난 나는 대출이를 찾아 굴레방 다리 밑을 지나 아현동 시장으로 간다. 옆구리에 칼침을 줄 것이다. 정옥이 누나의 복수를 해야 한다. 쇠못칼을 들이대며 창이 형이 어디에 있는지, 왜 형을 밀고했는지 물어볼 것이다. 아직도 대출이 그놈 때문에 삔 손가락이 아프다. 성결교회 앞을 지나면서 생각이 바뀐다. 내가 정말 칼침을 줄 수 있을까? 대못을 꺼내 들면 내 손목을 비틀어 놓을 텐데. 은근히 걱정이 앞선다. 내가 사람을 죽이면 엄마는 슬퍼하겠지. 야행을 가는 선아는 누가 동행하지? 발길을 돌리고 싶다. 식당을 지나치는데 뱃속에서 꼬르륵 소리가 난다.

 엄마 젖을 충분히 먹지 못한 동생은 늘 손가락을 빨

다. 나도 여섯 살까지 밥을 씹어 먹지 않고 빨아먹었다. 엄마는 늦둥이 선아를 밴 산달에 아버지를 잃었다. 사십구재 전에 난 아이는 미숙아였다. 만 두 살이 되어서야 인형처럼 작은 아이는 책상을 잡고 일어섰다. 나는 너무 기뻐 엄마를 불렀다. 내가 잡혀가면 누가 동생을 돌봐줄 수 있을까. 막걸리를 파는 술집에 사람이 한 명도 없다.

반쯤 죽여라. 우리는 일렬로 서서 큰형의 성난 꾸지람을 들었다. 다리 하나를 아주 부러뜨려라. 큰형 등 뒤에는 엄마가 서 있었다. 엄마는 큰형에게 엄격한 가장이 되기를 바랐다. 어린 나이에 한 집안을 떠맡은 큰형은 강한 가장이 아니라 술꾼이 되었다. 일요일이면 큰형이 술 사 오라는 심부름시켰다. 나는 주전자를 들고 가겟집에 막걸리를 받으러 갔다. 주전자 부리에 입을 대고 밀막걸리를 조금씩 빨아 먹으면 몸에서 힘이 났다. 기분이 좋았지만 다리는 후들거렸다. 나는 평소 아귀처럼 밥을 먹었다. 엄마가 시골로 옷을 팔러 가면 늘 먹을 게 부족했다. 먹을 것이 없을 때 나는 기차 굴다리 옆 밀주를 담가 파는 집에서 술지게미를 얻어다 먹었다.

새벽 장사를 나가기 위해 보따리를 꾸리던 엄마가 말했다. 군인들 세상이 되었는데 누구든 그러다 쥐도 새도 모르게 끌려가서 맞아 죽기 딱 좋지. 엄마는 혀를 찼다.

엄마 말대로 창이 형이 서울 대학물을 먹더니 보이는 게 없었나 보다.

불현듯 나는 바지 주머니 속에 손을 넣는다. 주머니가 허전하다. 그러고 보니 아까부터 주머니에서 쇠못 부딪치는 소리가 나지 않았다. 구멍이 난 호주머니에는 다행히 제일 날카로운 쇠못 한 개만 남아있다. 그 칼을 꺼내 손에 들자 세상 무서운 게 보이질 않는다. 나는 마지막으로 남은 쇠못칼을 오른손에 들고 사람들이 모인 큰길 교차로로 걸어간다. 은행 골목으로 접어들자 총을 든 군인들이 서 있다. 창이 형네 집 앞에서 본 저승사자들도 서 있다. 당구장 건너 파출소 앞으로 트럭이 들어온다. 눈에 구름이 낀 것처럼 앞이 보이지 않는다.

군용트럭의 헤드라이트 불빛 때문이다. 사람들이 포승줄에 묶여 줄줄이 차에 실리고 있다. 자기는 불량배나 부랑자가 아니라고 억울하다고 항변하는 남자가 몽둥이로 얻어맞는다. 어디론가 끌려가는 사람들 사이로 대출이 놈처럼 생긴 남자가 언뜻 보인다. 구경꾼들 사이에 있던 나는 대출이 놈을 찾으려고 앞으로 나간다. 너도 따라갈래? 내 귀를 잡은 경찰관이 말한다. 꿈인지 생시인지 호루라기 부는 소리가 들린다. 시위하는 무리가 보이고 몽둥이와 방패가 하늘로 쳐들리자, 사람들이 흩어져 달아나기 시작한다. 쇠못칼을 손에 쥔 채 악을 쓰며 나는 대출이 놈을 노리고 달려든다.

나는 갑자기 앞을 막아선 군화에 걸려 넘어졌다.

6

세상에는 사람 탈을 쓴 귀신 혹은 귀신 탈을 쓴 사람이 산다. 높은 데서 낮은 곳을 내려보다가 슬며시 나타나서 생사람을 잡아가는 억울한 일이 벌어지곤 한다. 그럴 때마다 내 마음속에서 녹이 슨 쇠못칼 하나가 불의를 보고 일어선다. 그동안 망각의 잠이 들어 깨어나지 못한 죄. 고통을 주는 불한당을 보고도 못 본 척 참은 죄. 귀신도 이런 나를 꿈에서 보고 용서해줄까. 선뜻 깨어나면 어떤 악몽이 우리를 기다릴까. 어디에 흘려버렸는지 모를 쇠못칼을 찾으러 다시 큰길로 나가봐야 하지 않겠는가.

오늘도 나는 귀신을 보았다.

(2024년 《시와 산문》 여름호)

소리의 아버지

오후 바쁜 와중에 핸드폰이 울렸다. 모르는 전화번호였다. 버튼을 눌러 수신을 차단했다. 나는 어린아이의 평발을 검사하고 있었다. 엑스레이를 컴퓨터 화면에 띄우고 발등뼈와 발목뼈 간 각도를 재고 있는데 다시 벨이 울렸다. 나는 환자 보호자에게 양해를 구하고 전화를 받았다. 클클클클클, 고장 난 재봉틀처럼 마구 돌아가는 웃음 소리가 들렸다. 장난 전화인가. 끊으려는 찰나 여보세요, 목소리 톤이 높다.

"나 적음이다. 너 언제 들어왔니? 흐흐 클클클클클, 너 이 새끼, 발을 돌보는 의사 됐다며?"

그의 흥분이 귀로 전해졌다.

"몇 년 전에 들어와서 눈물 나게 고생하고 있습니다. 형님 건강하시죠?"

"그건 됐고…. 너 지금 당장 분당으로 와라."

대전에서 분당이라니. 적음(寂音) 최영해 형과 함께 지냈던 시간이 스쳐 지나갔다. 그리고 한 여자가 생각났다. 금하. 한때 나는 그녀와 결혼해버릴까 생각한 적이 있었다. 사람과 사람 사이에는 늘 지나간 인연이 있게 마련이었다. 그보다 그때, 나는 적음을 따라다니다 영원히 이승을 떠도는 존재가 될까 두려웠다. 그 시절, 그리운 기억도 솟아올랐다. 내가 잠시 머뭇거리는 사이 형이 말했다.

"바쁜가? 그럼 나중에…."

갑자기 찾아온 침묵. 뭐라 말할 사이도 없이 그는 전화를 끊었다. 회한이 밀려왔다. 그는 서른여섯, 나는 스물다섯 복학생이었다.

그를 처음 만난 곳은 흑석동 왕대폿집 개미집이었다. 비가 내리는 날이었다. 허름한 술집에 그는 혼자 앉아 있었다. 그는 보고 싶은 몇 사람을 전화로 불러 모았다. 굳이 그런 호명 의식을 치르지 않아도 저녁이면 벗들이 모여들곤 했다. 주머니 사정이 빠듯한 벗들은 안주 따위를 시키지 않고 시큼한 깍두기 한 접시를 탁자에 두고 술을 마셨다. 고등어구이 한 마리를 놓고 막걸리 한 상자를 마시는 날도 많았다. 교수와 학점을 우습게 여겼던 선배들이 후배들에게 문학과 인생을 주절거렸다. 술잔을 기울이며 나는 실연을 안주 삼아 유리창에 내리는 빗방

울을 바라보고 있었다. 빗소리는 귀로 흘러들어와 가슴에 차올랐다.

금하를 만난 것도 학교 강의실이 아닌 개미집이었다. 흑석동 언덕길을 내려오는 길에 그녀가 내게 와서 인사를 했다. 술자리에서 안면을 튼 금하는 간호학과 학생이었다.

"데모 때문에 강의가 없어서 소주 두 병과 맥주 세 병 혼자 마셨어. 나랑 한 병 더 마실래요?"

나는 금하에게 말했다.

"저도 좋아요."

금하는 선뜻 응했다.

취한 나는 그 길로 개미집으로 가서 술을 마시며 문학과 사랑과 이 암울한 시대를 안주로 삼았다. 실연당한 인간답게 나는 사랑에 관한 궤변을 늘어놓기 시작했다. 궤변의 결론은 없었다. 중무장한 경찰이 시위대를 향해 쏘아대는 최루탄 연기가 술청을 채웠다. 나는 욕을 하며 문을 닫았다. 침묵을 강요받을 수는 없었다. 복학 일 년 만에 술꾼이 된 나는 마음씨 착한 금하를 술집에서 자주 만났다. 어느 술집에 가든지 그녀는 기다리고 있었다.

누더기 승복 걸치고 적음 형이 일어섰다. 그와 소주 몇 잔을 마신 나는 적음을 따라나섰다. 형이 가진 것이라고는 낡은 걸망과 몸에 걸친 누더기 승복 한 벌이 전부였다. 여기저기 시주받아 생활하는 걸승이었다. 후에 알았지만, 그는 어디엔들 머물 곳 없겠느냐, 달관한 시인이기도 했다. 그와 나는 택시를 타고 미아리로 갔다. 그는 내게 같이 가겠는지 물어보지도 않았다. 가자, 그가 말했고 나는 그냥 따라나섰다. 알전구 불빛이 흐린 미아리고개 선술집에 앉아 두부김치 안주로 막걸리를 마셨다. 한 시간 남짓 자리를 비웠던 형이 돌아왔다. 오랜만에 작부들과 회포를 풀었는가. 눈치를 살피니 형은 관세음보살 미소를 짓고 소주를 마시는 중이었다. 형은 안주를 전혀 먹지 않았다. 빈속에 소주를 마셔서 위장을 데운 후 맹물을 마셨다. 나는 막걸리를 더 시켰다. 미아리에 간 형이 여자를 품었는지 아니면 탁발을 다녀왔는지 궁금하였다.

"배고프면 안주 시켜 먹어라."

그의 수중에 쇳가루, 즉 돈이 생긴 것이 분명했다. 돈이란 이 사람 저 사람 품에 안기는 놈. 스님인 형은 미아리, 인사동, 흑석동 근처에 사는 지인에게서 술값과 여비를 받아왔다. 받아와도 소주 한두 병 안줏값이 전부였다.

아침부터 굶은 형은 속이 헛헛한지 날달걀 두 개를 달

라고 했다. 주발에 깨서 넣고 참기름을 뿌려 마셨다. 형이 따라준 막걸리를 나는 두 손으로 받아마셨다. 주모 할머니에게 부추전을 주문했다. 내친김에 밥 한 공기를 시켰으나 형은 사양했다. 한쪽 눈이 사시인 형은 장난기 가득한 눈으로 나를 보며 물었다.

"부모님은 살아계시니?"

"아버지는 제가 두 살 때 돌아가시고 어머님이 서른여섯에 과부가 되어 일곱 남매를 혼자 키우셨죠. 얼마나 고생하셨는지 마흔 살에 앞니가 모두 빠져버렸습니다."

"나도 아버지를 일찍 여의고 사는 게 어려워져서 열네 살 무렵 산문으로 들어왔지. 너도 불쌍하고 외로운 놈이구나."

흐흐 클클클클클. 내 귀는 그의 웃음소리를 들었다. 웃음은 속귀로 깊이 들어왔다. 가슴에 절절히 묻힌 외로움이 발효되어 나는 소리. 시퍼런 녹이 소리에 묻어나오고 세상사에 달관한 웃음소리. 마음이 통하니 바람 따라 정처 없이 그를 따르게 되었다. 그가 외로울까 내빼지 못하였다. 인사동에 가서 한잔 더 하고 잠잘 곳을 찾기로 했다.

그의 두 눈은 바라보는 방향이 일치하지 않았다. 오른쪽 눈은 상대를 보고, 왼쪽 눈으로는 바깥쪽 허공을 보왔다. 마치 한 눈으로 상대의 눈을 보고, 한 눈으로 상대의 영혼을 보는 것 같았다. 그의 목소리는 시 자체였다. 그가 쓴 시는 마음의 소리였다. 그는 술에 취하면 '찔레꽃'을 구성지게 불렀다. 노래시키면 언제나 엄마 생각나는 '찔레꽃'을 불렀다.

    엄마일 가는 길에 하얀 찔레꽃
    찔레꽃 하얀 잎은 맛도 좋지
    배고픈 날 가만히 따 먹었다오
    엄마 엄마 부르며 따 먹었다오

    밤 깊어 까만데 엄마 혼자서
    하얀 발목 바쁘게 내게 오시네
    밤마다 보는 꿈은 하얀 엄마 꿈
    산등성이 너머로 흔들리는 꿈

    호호 클클클클클….
그의 웃음소리에 드디어 발동이 걸렸다.
"땡초 적음 스님 아닙니까?"

실비집 주인은 형을 땡초라고 불렀다. 땡초라고 부르자, 그는 웃기 시작했다. 내가 불러낸 금하가 나타나자 그는 더욱 큰소리로 거리낌 없이 웃었다. 주위 눈치를 살피는 일은 같은 술자리에 앉은 사람들이었다. 말은 고통의 근원이니 침묵으로 수행하라. 평생 주어진 적음을 깨는 웃음이었다. 그가 한번 웃으면 발동기처럼 그칠 줄을 몰랐다. 좌중은 더불어 웃음바다에 빠져버렸다. 그 웃음보다 더 나은 설법을 나는 들어본 적이 없다.
"금하는 내 엄마를 똑 닮았구나."
적음이 얼굴이 통통한 금하를 보며 말했다.
"이 둘이 애인 사이인가 보네."
대화를 나누던 화가 한 명이 나와 금하를 가리켰다.
"아닙니다. 그냥 후배 술친구예요."
적음은 한쪽 눈은 그녀를 다른 한쪽 눈으로 나를 바라보았다.

적음은 열네 살에 어머니 손에 이끌려 경주 기림사로 동진 출가했다. 열여섯 살에 계율을 받았다. 대구 동화사 혜붕 노스님께 불경 내전을 이수했다. 그는 후학 스님들에게 강론할 정도로 불경 지식이 해박했다. 열일곱 살부터 세상을 떠도는 탁발을 시작했다. 사나흘 무작정 걷고 또 걸었다. 잠은 빈집이나 짚더미 사이에서 잤다.

바닷가 작은 포구에 이르러 노을을 보며 소주를 마셨다. 어느 절에 머물든지 그는 소임을 맡지 않고 무소유 평상심으로 살았다. 그는 예술대학에 들어가서 문학을 전공했다. 어머니에 대한 그리움과 몸에 밴 외로움이 그를 문학으로 이끌었다.

나는 막걸리에 김치를 안주로 속을 풀었다. 그는 소주를 마셨다. 그는 나름 주법을 터득하고 있었다. 우선 사발에 날달걀을 풀고 참기름을 서너 방울 떨어뜨린 해장용 칵테일을 먹었다. 안주 없이 소주만 마셨다. 술을 마시고 꼭 맹물을 번갈아 마시는 그가 가끔 술을 빨리 마시는 것처럼 보였다. 술집에서 그를 아는 사람들이 늘어났다. 대성리 야외 미술 전시회에서 만나 인연을 맺은 젊은 화가들이 주류였다.

적음은 술집에 아는 사람들이 나타날 때까지 잔을 기울이며 혼자 기다렸다. 오랜 그의 술버릇이었다. 술꾼들 길목을 지키는 것이었다. 그는 오직 아는 사람에게서 한두 푼씩 술값을 받아냈다. 그의 만행을 아는 사람들과 그의 문장과 시를 읽어본 사람들은 아낌없이 보시했다. 그는 빈 술병을 들고 자신이 쓴 산문을 읊었다.

"아침에 일어나니 머리맡에 술병이 쓰러져있었다. 여관방에 갇힌 술병은 허공과 천정을 날아다니고 있었지. 머나면 은하계의 반짝이는 별들 무리 속으로 술병은 날아가고 싶어 했어. 목마른 한순간, 잠들어 있는 우리가 절실히 바라는 것은 무엇인가. 무수한 술병들만이 피곤한 의식의 틈서리를 헤집고 들어와 귀신처럼 속살거렸다. 속은 쓰리고 막막한 아침, 쓰러져 누운 그들을 내려다보며 얼마나 절망하였던가. 나의 무능과 무기력과 무의지를 그 절망 속에서 얼마나 외로이 인식하고 있었던가. 모든 것은 비어있었다."

웃음소리를 싫어한 사람들이 그를 땡초라고 불렀지만 나는 외로운 자들을 찾아가는 그가 좋았다. 적음은 택시비만 있으면 어디든 그리운 사람들을 만나러 갔다. 탁발하는 스님에게 무전취식 죄가 성립되겠는가? 어디엔들 이 한 몸 머물 곳 없으랴. 적음은 바람처럼 나타났다 구름처럼 사라졌다. 그는 자신의 시구처럼 푸른 청동 뱀이 혀를 날름거리며 꿈틀거리는 숲길을 걸어 벼랑 깊은 암자로 갔을 것이다. 실안개만이 그의 뒤를 살금살금 따라붙었다. 그는 도시의 빌딩 숲을 누비며 그리운 사람들을 만났다. 외로운 사람들을 자비로운 웃음으로 만났다. 더러는 치를 떨고 도망치지만 대부분 안 보이면 궁금하고 그리워했다. 그의 행방을 아무도 몰랐고 그는 늘 불현듯 나타났다.

한바탕 크게 웃고 나니 술자리가 종 치고 있었다. 금하가 몸이 아프다며 집으로 갔다. 나도 도망치고 싶었지만 그러지 못했다. 천진무구한 적음의 마음속은 맑아서 들여다보였다. 부처도 원래 외로운 사람이 아니었던가. 속이 컴컴해서 웃음을 삼키는 사람은 없다. 꺼리고 겹겹의 장막을 칠 뿐이다. 그날 술자리에 있던 사람들은 즐겁게 사라졌다. 취한 그를 수발하려고 내가 남았다. 아니, 취한 나를 그가 거두었을 것이다.

인사동을 떠나 그와 나는 택시를 타고 동작동 국립묘지 뒷산 호국사로 갔다. 국립묘지 정문 경비원들이 출입구에서 출입을 통제했다. 그러나 곧이어 그들은 스님을 알아보고 출입을 허락했다. 나는 적음을 따라 호국사 산문으로 들어가 스님들이 머무는 요사에 들어갔다. 불자처럼 합장하고 스님들께 인사드렸다. 자리에 앉자마자 적음은 그 절에 머무는 도반 스님을 찾았다. 적음은 장삼 소매에서 캪틴큐를 꺼내놓고 예의 웃음을 웃기 시작했다. 스님 중에 검은 승복을 입은 무술 하는 승려들이 서너 명 앉아 있었다.

큰 방안에는 검은 승복을 입은 승려 중에 신군부가 저지른 법란으로 삼청교육대에 끌려갔던 경험이 있거나 피

신해 있는 자들도 있었다. 묵언수행 중인 스님 하나가 적음 형의 도발적인 웃음과 거침없는 말투에 자극받아 자기도 모르게 욕설을 뱉었다. 묵언을 깼으니 그에 합당한 벌을 주려는지 가장 젊은 검은 승복이 불같이 성질을 내며 일어섰다.

"이런 개 같은 놈이 다 있나. 객승다운 예절을 모르는 새끼야."

뒷골목에서 주먹질하던 버릇을 못 버리고 여기까지 기어들어 왔는가. 객승 중 누군가 혀를 찼다. 나머지 검은 옷을 입은 자들도 마시던 맥주병을 이마로 깨고 떨쳐 일어났다. 순식간에 벌어진 일이었다. 황당했던 나는 덩달아 일어섰다. 하지만 적음은 가부좌를 틀고 앉아 잠깐 눈을 휘둥그레 떴다 감았다. 어렸을 때 출가한 스님들은 공양을 많이 한 만큼 염불과 예불이 뛰어났다. 나이 차서 부처의 계율을 받은 스님들은 동진 출가한 스님들을 부러워했다.

"머물러 오신 스님에게 무슨 행패요?"

도반 스님이 나섰다가 귀싸대기를 맞고 쓰러졌다.

"오늘 이놈의 버르장머리를 바로잡겠다. 이런 놈들이 설치고 다니니 수행 스님들이 땡초라고 불리는 거야. 다시는 이 절에 발을 붙이지 못하도록 손을 봐야 해."

스님 몇이 말렸으나 검은 승복의 주먹다짐은 적음으로 향했다. 발길질이 날아왔다. 적음은 눈을 감고 앉은 채로 맞고 있었다.

"너희들이 진정 부처의 길을 포기하는구나."

형이 나지막이 저음으로 소리를 냈다. 발길질이 날아오자 나는 온몸으로 적음의 등을 감싸 안았다. 이내 주먹과 발이 잠잠해졌다. 다른 검은 옷 한 명이 내게 오더니 멱살을 잡았다. 스님들도 검은 팔을 잡으며 일방적인 싸움을 말렸다.

"이것은 불가의 일이니, 속세인은 끼어들지 마시오."

적음이 코피를 흘리고 있었다. 피를 보자 사람 사이에 침묵이 흘렀다.

"스님. 노잣돈 얻으러 다시는 오지 마시오."

나는 도반과 함께 적음을 부축하고 요사를 빠져나왔다. 언덕길을 내려오는데 술에 취한 검은 승복이 따라오며 현란한 발차기로 적음을 가격했다. 젊은 승려의 눈빛이 미친개처럼 풀려있었다.

"내가 삼청교육대에 끌려가서 군인들에게 개처럼 맞은 놈이다. 오늘 주먹이 센 게 뭔 잘못인지 제대로 가르쳐 줄 테다."

"종로서 뺨 맞고 한강에서 화풀이하는 겁니까?"

나는 그 앞을 막아섰다. 이제부터 때리면 맞거나 한번 붙어볼 태세였다. 일주일 전 명수대 파출소로 잡혀간 적이 있었다. 대학 태권도 동아리 학생들과 시비가 붙어 회장과 부회장을 흠씬 패준 일 때문이었다. 시비를 걸어온 쪽과 주먹을 먼저 날린 것도 그쪽이었다. 이상하게도 검은 승복은 나를 똑바로 바라볼 뿐이었다. 잠시 뒤, 그는 주먹을 편 부드러운 손으로 합장했다.

"처사. 이번 일을 절대 외부에 발설하면 안 돼요. 불사입니다. 부탁드립니다."

검은 옷 스님은 취한 척한 것이었다. 적음은 이미 산문을 빠져나가 나를 기다리고 있었다. 무표정한 얼굴로 미동조차 안 하고 맞는 모습은 꼭 등신불 같았다. 나는 비폭력 무저항주의자인 그를 보았다.

흑석동 여관에 적음을 눕혔다. 나는 찬물을 적신 수건으로 그의 얼굴을 닦았다.

"네 친구 중에 깡패들 없나?"

화가 많이 나면 저음으로 변하는 목소리로 그는 내게 물었다.

"형, 선후배들 부를까요?"

"싸움 잘하는 개갑이나 짬짬이 같은 몇 놈만 불러 모아라." 했다가 그는 이내 아니다 하면서 도리질이었다.

그는 한밤중에 나를 깨웠다. 신문지 위에 대변을 보고 깨운 것이다. 똥을 치우라는 것이다. 나는 자는 척 일어나지 않았다. 그는 나를 흔들다 말았다. 후에 알게 된 일이지만 그는 소변과 대변을 분리해서 볼일을 보는 능력을 갖추고 있었다.

다음 날, 다친 김에 그는 여기저기 전화를 걸었다. 청량사 주지 스님에게 전화를 걸어 치료비를 보내라고 독촉했다. 이상한 것은 다들 빚이 있기라도 한 양 돈을 부쳤다. 달걀을 얻으러 간 개미집에 여자 후배 금하가 있었다. 나를 찾아다녔다는 금하와 달걀을 들고 약국에 들른 후 적음에게 돌아갔다. 방에는 호국사 도반이 와서 위로의 말을 전하고 있었다. 주지 스님이 주는 치료비를 받아 챙긴 적음은 언제 그랬냐는 듯, 클클클클클, 멍이 들고 부은 얼굴로 웃고 있었다. 금하를 다시 만난 적음은 어머니 닮은 그 보살이라고 기뻐했다. 금하는 적음 얼굴에 난 타박상에 약을 바르고 다시 찬물로 찜질했다.

"걱정하지 말아라. 나는 단전호흡으로 단련된 몸이니까."

맞아서 번 노잣돈이 충분해진 우리는 다시 기행에 나섰다. 그는 다리를 절고 있었다. 외로움을 벗 삼아 지내는 일이 수행자의 일상이 아니던가. 언제나 그러했듯이 외로움이 뼈에 사무치고 그리움이 차오르면 그는 떠났다. 그리운 사람이 요석공주면 어떻고 노국공주면 어떠냐. 외로운 사람이 시인이면 어떻고 소설가면 어떠냐. 대성리에서 만나 평생 인연을 맺은 화가라면 더 아니 좋을 것이냐.

 적음, 그의 승복 속에는 철부지 어린아이가 있었다. 영혼이 맑은 시인이 들어있었다.
 검은 옷 입은 젊은 승려를 조계사 근처에서 본 적이 있다. 검은 승복들이 내 곁을 스치며 지나갔다. 나는 뒤늦게 치미는 분노를 참아야 했다.
 무더위가 기승을 부린 그해 여름, 나는 적음 형을 따라 청량산으로 들어갔다. 아프리카 우간다에나 있을 법한 어처구니없는 일들이 이 나라에서 일어났다. 이디 아민 다다처럼 군인이 독재자가 되어 광주에서 시민들을 죽였다. 저항하거나 항변하는 자들은 끌려가거나 입에 재갈이 물렸다. 희망이 사라지자 나는 적음의 바랑을 메고 그의 걸음을 따랐다. 청량리에서 완행열차를 타고 봉화역에서 내렸다. 버스를 갈아타고 나는 빨치산처럼 험한 산길을 걷고 또 걸었다. 나를 사랑한다는 여자 후배 금하를 데리고 갔다. 일주일간 적음과 흑석동 개미집과 서울 변두리 술집들을 주유하며 술을 마셨다. 아무리 마셔도 가슴이 타들어 가고 답답했다. 분노와 체념이 다스려지지 않았다. 하여 무작정 청량사에 딸린 암자로 들어가기로 한 것이었다. 바랑 안에는 역 앞 가게에서 산 소주가 스무 병가량 들어있었다. 그 무렵 나는 다자이 오사무의 『인간실격』과 박상륭의 『죽음의 한 연구』를 성경처럼 들고 다녔다. 나는 인간실격에 가까운 놈이었다. 해독이 어려운 죽음이나 탐미하려는 비관주의자 행세를 마다하지 않았다. 금하가 나를 좋아한다고 말했을 때 허망했다. 왜? 하필이면 나를 좋아하냐? 금하에게 물었다. 금하가 즉시 답했다. 아픈데 아프다고 말하는 게 죄냐고. 세상에 수많은 남자 중에 어쩌자고 나를 사랑했을까. 고백을 받은 날 막걸리를 마시고 엉망으로 취했다. 결혼서약서를 쓴 나는 금하를 끌어안고 연못 시장 여인숙으로 데리고 가서 잤다. 아름다운 사랑은 없었다. 그렇고 그런 연애 이야기는 많지만, 현실은 녹록하지 않았다. 사람과 사람이 만나면 불꽃이 튀던 시절이었다.

완행열차에 몸을 실은 적음과 금하와 나는 소주를 깡으로 마셨다.

누구를 사랑할 능력도 없는, 나 자신을 사랑하지 않는 나를 사랑한다니. 고마운 일이었다. 그러나 나는 여전히 미숙한 인간실격이었다. 나는 인간이 되기 위한 수련이 필요했다. 적음은 스님이기 전에 인간이었다. 그의 인간적 외로움이 내게 전해졌고 나는 그 앞에 무릎을 꿇었다. 그를 따르는 수제자가 되고 싶었다.

"형님, 저를 거두어 주세요. 출가하게 도와주세요."

"왜 출가하려는고?"

부리부리한 눈알을 굴리며 적음이 물었다.

"형님과 술친구 하며 수발하려고."

그는 형형한 눈길을 주며 파안대소했다.

"이 새끼 웃기는 놈이네."

사실은 절이든 산이든 처박혀 소설이나 써볼까 궁리하던 중이었다. 금하가 여자가 아닌 소설이라면 죽도록 쫓아다녔을 것이다. 그런데 만약 소설인 금하가 나를 좋아한다고 계속 따라다니면 지긋지긋할 것이다. 적음을 따라 암자에 도착한 나는 소설을 증오했다. 방구석에 굴러다니는 스케치북을 집어 들었다. 암자 뒷산으로 올라가서 동양화처럼 펼쳐진 절경들을 닥치는 대로 도화지에 옮겼다. 아침에는 적막한 풍경소리를 들었다. 산 아래 계곡과 솟아오른 금탑봉을 바라보았다. 그가 술에 취해 읊어대는 시와 산문들은 내게 감동을 주었다. 소설 문장이 어쩌고저쩌고하며 나는 좋은 글을 써보리라 다

짐하였다. 그의 목소리와 시에서도 그림이 그려졌다

 아무리 폭음해도 새벽 네 시면 적음은 나를 깨워 응진전으로 갔다. 촛불을 켜도 불당 안은 어두웠다. 목탁을 두드리며 마하반야바라밀다심경을 독송하는 적음을 따라 삼존불상 앞에서 새벽 예불을 드렸다. 예불을 올리는 동안 눈물이 났다. 평생 술을 마시다 간경화로 돌아가신 아버지의 명복을 빌었다. 이 밝은 세상에서 어두운 도적놈들의 표적이 되어 억울하게 죽은 자들을 생각했다.

 그가 금강경을 독경하면 새벽어둠이 물러갔다. 예불을 마친 그는 도량석을 했다. 합장한 나는 그의 뒤를 따라 말없이 걸었다. 암자 뒤에는 부처의 발을 닮은 바위가 있었다. 나는 부처의 발을 만지고 절을 했다. 암자 앞마당 탑돌이를 한 후 총명 약수터 방향으로 걸어갔다. 응진전 우측으로 돌면 나타나는 절벽 위에 섰다. 청량사로 이어진 계곡이 천천히 새벽빛에 물드는 모습을 내려다보았다. 강나루에 닿은 계곡이 발아래 펼쳐지고 여명의 하늘이 붉게 타오르고 있었다. 화엄의 장엄함이 내 머리로 쏟아졌다.

 응진전에서 부처에게 드리는 적음의 염불 소리는 금탑봉 절벽에 반향을 일으키어 산사 아랫마을로 울려 퍼진다. 적음의 독경 소리를 들어본 적이 있는가. 그의 목소리는 잔잔한 호수에 내리는 눈처럼 침묵으로 말하고 봄날 구름처럼 하늘가에 둥글게 피어올랐다. 깊은 산, 숲에 솟는 샘물처럼 한 줄기로 흐르고 가을비처럼 담담하게 가라앉았다. 그 염불을 들으며 예불을 드리면 술이 깨고 참회의 눈물이 흘렀다. 저녁 비가 온 다음 날, 새벽안개에 부드럽게 풀리는 그의 염불은 더 청아하고 구슬펐다. 무심한 듯 욕심 없는 소리였다.

    生也一片浮雲起 생야일편부운기
    死也一片浮雲蔑 사야일편부운멸
    浮雲自體本無實 부운자체본무실
    生死去來亦如然 생사거래역여연

    산다는 것은 한 조각 구름이 일어나는 것이요,
    죽는 것은 한 조각 구름이 스러지는 것이다.
    뜬구름, 그것은 본래 없는 것이니
    나고 죽는 것, 오고 감이 또한 이와 같아라.

  게송을 읊조리는 그에게 원효대사의 혼이 들어간 게

분명했다. 원효나 적음이나 15세 무렵 경주에서 출가했다. 둘 다 고승에게 불경을 배웠다. 둘 다 무소유의 길을 갔다. '일체의 거리낌이 없는 사람이 한길로 삶과 죽음을 넘어설 수 있다'는 『화엄경』의 구절에서 무소유가 시작되었다. 원효와 적음, 둘 다 부유한 자들이 아닌 가난한 사람들 속으로 걸어갔다. 둘 다 이 응진전에서 공력을 키우지 않았던가. 그리고 둘 다 어머니를 그리워했다. 깨우침을 얻으려고 원효가 해골 물을 마셨다면 적음은 곡차를 공양 대신 마셨다. 원효는 요석공주와 결혼하여 설총을 낳고 수많은 저서를 남겼다. 적음은 다만 몇 권의 산문집과 시집을 상재했다.

"보시 중에 최고는 육보시야. 네가 나를 좋아하듯 나도 허물없이 적음을 좋아해. 내가 좋아하는 형을 네가 사랑하면 어떨까?"

나는 금하에게 넌지시 말했다.

"한 사람을 사랑한다는 것은 그 사람의 현재뿐만 아니라 과거와 미래까지 사랑하는 거예요."

금하는 나를 타일렀다. 나는 막무가내였다. 위궤양, 위염과 십이지장궤양이 한꺼번에 몰려오고 속 쓰린 술병이 깊어 잠 못 이루는 밤. 금하는 내게 와서 찬물에 적신 수건을 식은땀 흘리는 내 이마에 올려놓았다. 그녀의 간호를 받으면 잠이 왔다. 나를 내려다보는 그녀 눈에 연민과 사랑이 담겨있었다. 나는 돌아누웠다. 어느새 잠이 들었고 그녀는 적음에게로 갔다.

 나는 술에 취하지도 않았다. 마실수록 정신이 멀쩡했다. 별빛이 쏟아지는 요사 지붕 아래서 나는 검은 피똥을 싸면서 술을 마셨다. 위와 십이지장궤양에서 피가 흘러나왔다. 한바탕 구토하고 골방으로 들어가서 누웠다. 금하는 내게로 와서 찬물에 적신 수건을 열이 오르는 내 이마에 올려놓았다. 내가 잠들자 그녀는 적음이 있는 큰방으로 다시 갔다. 그녀가 가면 다시 속이 쓰라렸고 식은땀이 났다. 새벽녘에는 부엌과 뒤뜰에서 아기들이 웃고 장난치는 소리가 났다. 내 방문 앞에 와서는 차근차근 이야기를 나누다 갑자기 큰 소리로 웃었다. 나한들이 장난치는 소리였다. 공민왕의 왕비 노국공주가 데려온 열여섯 나한상이 밤이면 장난을 쳤다. 창문을 두드리고 문고리를 쥐고 흔들었다. 아이들 웃음소리와 속삭이는 소리. 달빛이 창호를 바른 방문에 어른거리는 그림자들. 내가 깨어나 일어나면 키득거리며 멀리 사라졌다. 잠들면 다시 나타나 도깨비장난처럼 장독대와 바위를 두드리며 장단 맞추는 소리가 들렸다.

암자 옆 요사에서 술과 안줏거리를 챙기는 건 내 몫이었다. 아래 뜰에 심은 상추와 깻잎을 따고 나는 술을 사기 위해 바랑을 메고 도립공원 입구 가게까지 왕복 십리 길을 이틀이 멀다고 오르내렸다. 저녁이면 찌개 안주를 끓였다. 절벽 위 너럭바위에 앉아 소주를 마셨다. 다 마신 소주병은 차례로 절벽 밑으로 던졌다. 병이 깨지면 정적이 엄습했다. 온갖 풀벌레와 새 우는 소리가 순간 멈췄다. 흐르는 달빛 아래 귀뚜라미 한 마리가 울었다. 정적이 깨지자 기다렸다는 듯 풀벌레와 새들이 온통 야단법석이었다. 금하는 인간실격인 나를 버리고 적음에 갈 것이다. 낮이면 연필과 도화지를 챙겨 들고 무당들이 기도처로 삼은 산정바위를 그렸다. 적음은 스님이기 전에 인간이었다.

 나는 적음과 금하 둘이 지낼 수 있기를 바랐다. 금하는 나만을 사랑한다고 말했다. 나는 코웃음을 치며 사랑 따위는 연연하지 않을 것이라고 말했다. 자존심이 상한 금하는 보란 듯이 그에게 갈 것이다. 나는 만나고 헤어짐에 연연하고 싶지 않았다. 내 청춘은 미래가 없었다. 금하를 떠나보낸 나는 술로 몸을 학대했다. 내 육신은 머리를 장식처럼 달고 다녔다. 그 벌을 받을 차례였다.

 청량사 주지 스님에게 두 번이나 불려가 훈계받은 나

는 보름 만에 산에서 내려왔다. 학우들은 '민중의 땅' 사건 이후 모두 안기부에 끌려갔다. 나는 혼자 고삐 풀린 말처럼 도망쳤을 뿐이었다. 어디로 갈까. 만남도 이별도 없는 곳으로 갈까. 부질없는 일이었다. 죄책감이 들었지만 이마저도 지나갈 일이었다. 봉화역에서 나는 적음과 금하를 서울로 올려보내고 안동으로 가는 버스를 탔다. 금하는 적음을 수발했을까. 궁금했지만 그에게 보시했건 하지 않았건 나는 그녀를 떠나보냈을 것이었다. 연연하지 않으리라. 인연을 단칼에 끊으면 후일 깊은 상처를 남길 수 있다는 사실을, 그 무렵 나는 몰랐다.

대학을 졸업한 해였다. 호주로 이민가기 전날, 서울에 온 적음이 나를 불렀다. 적음 곁에는 보살이 된 금하가 앉아 있었다. 적음은 내게 주발에 소주를 따라주었다. 그것도 가래침을 잔뜩 뱉어서 주었다. 나는 그의 자비를 받아들고 단숨에 마셔버렸다. 그의 유전인자가 내 뱃속으로 들어오자 몸이 따듯해졌다. 장식으로 이고 다니던 머리가 핑핑 돌아갔다. 육조대사 혜능의 빙의가 내게 들어와 저절로 읊조리기 시작했다. 나는 금하에게 말했다.
"만나지 말아라. 헤어지기 어렵나니. 헤어지지도 말아라. 다시 만나기는 더 어렵나니. 그리하여 나는 심심하다."

후일 나는 한국으로 다시 돌아왔다. 남들이 거들떠보지 않는 발 의학을 공부했다. 왜 하필이면 냄새나는 발을 공부했냐고 내게 묻는 사람이 많았다. 내 대답은 똑같았다. 아무도 의학적으로 관심을 주지 않고 천대받는 곳이기에 공부했다고. 걷는다는 인간의 행위는 숨을 쉬는 것만큼이나 중요했다. 타인의 발을 돌보는 일상에 쫓겼다.

그런 어느 날, 홍대 입구 버스 정거장으로 걸어갈 때, 딱하다는 듯이 나를 쳐다보는 금하를 만났다. 그녀를 바라보며 어색한 웃음을 주었을 뿐 나는 아무 말도 할 수가 없었다. 결혼해서 애가 둘이나 있는 나는 한 집안을 책임지는 가장이었지만 그녀는 독신이었다. 황급히 버스에 올라 금하를 바라보자 그녀는 내게 손을 흔들어 주었다.

흐흐 클클클클클.

전화를 받고 서둘러 일과를 마친 저녁에 나는 적음을 인사동 술집에서 만났다. 그는 30년 넘도록 입은 체크 무늬 남방을 걸치고 있었다. 원래 색깔은 바랬고 세월의 때가 끼어 국방색처럼 누렇게 변해있었다. 그는 해지고 구멍 난 승복에 다른 스님이 버리는 옷을 잘라 덧대서

입었다. 바지 엉덩이에는 손가락만 한 구멍이 숭숭 나 있었다.

다시 만난 그는 자기가 먼저 이야기해놓고 스스로 웃었다. 언제나처럼 앉은 자리에서 온몸을 앞뒤 좌우로 흔들대며 낄낄거렸다. 그의 웃음소리를 듣자 우선 그간 좁아졌던 숨통이 트였다. 막힌 혈관이 뚫리며 흐르는 기와 혈이 오장육부를 흥분시켰다. 그의 심기를 어지럽히고 금하를 시켜 계율을 어기게 했던 지난날을 떠올리니 죄책감이 밀려왔다. 하지만 곧 사라졌다.

"형, 금하는요?"

"금하는 나랑 헤어졌다 다시 만났다 하며 살았지. 그런 금하가 작년에 유방암으로 죽었다."

천장을 바라보는 그의 한쪽 눈에 눈물이 고여 있었다.

"금하가 죽다니요?"

놀란 나는 자세를 고쳐 앉고 물었다.

"백약이 무효했지. 유명 대학병원을 백방으로 찾아다니고 암에 좋은 것은 다 구해주었는데 떠나버렸어."

"인생이 생로병사인 것을 어찌하겠어요."

나는 형을 위로하고 있었다. 그는 내게 금화가 마지막으로 쓴 시 〈아카시아〉를 독경처럼 읊어주었다.

숨겨놓은 사랑이
북새통 가슴속에
오뉴월 대낮처럼 지글거려
나는 미치네

달빛 휘영청 보름밤
제 몸 냄새에 스스로 어지러워
식지 않는 속살 바람에 널어놓고
그놈의 숨긴 사랑 때문에
열세 폭 허연 속치마 지천으로 펄럭이며
한바탕 흐드러지게
미쳐 도는 아카시아

 그와 나는 금하를 기리며 몇 잔 막걸리를 마셨다. 금하는 대기업에 다니는 남자와 이혼하고 독신으로 지냈다. 서울 어느 백화점에서 일하면서 시를 쓰다가 우연히 적음을 다시 만났다. 만나자마자 적음과 사랑에 빠졌다. 금하를 잃은 그의 쓸쓸함이 내게 전해졌다. 화장실에서 소변을 보는데 참았던 눈물이 갑자기 쏟아졌다. 암과 싸우며 금하가 겪었을 고통이 그리고 적음이 느꼈을 인간적 슬픔이 내게로 천천히 흘러들어왔다. 곧이어 가슴이 미어터지는 통증이 몰려왔다. 그 아픔이 가득 차오른 나는 여자처럼 고음으로 흐느끼고 있었다. 눈물을 닦고 자리로 돌아오니 적음은 떠나고 없었다. 빈자리에 『저녁에』라는 시집이 놓여있었다. 나는 표제 시를 읽었다.

    왜 그처럼 늦게 연락을 주었는지
    어제는 감꽃이 지기 시작하더니
    초가을 바람이 벌써 한 차례
    비를 몰고 가는구나
    저녁엔 스산해서 한 잔 소주로 목을 달랬다.
    그리운 것은 그리운 대로 놓아두고
    그렇게 내리는 비를 바라보며
    이 저녁을 꾸려가야 하는 것인가
    연락은 한 차례 내리는 비처럼
    왔다 갔다

  형은 그렇게 내리는 비처럼 왔다 갔다. 헤어지고 얼마

지나지 않아 나는 그의 입적을 알게 되었다. 기도가 막혀 숨을 쉴 수가 없어 죽었다고 했다. 장례식장에 가지 못한 나는 그의 지인들이 남긴 사진을 보았다. 그가 누웠던 자리에 썩어가는 몸으로 남겼을 실루엣이 초현실주의 그림처럼 남아있었다. 잠결에 무언가에 숨이 막혀 발버둥을 친 흔적이 있었다. 한쪽 다리는 접혀 있고 한 손에 두루마리 휴지가 들려있었다. 스산한 새벽, 적음은 자신이 만든 웃음 방, 일소암에서 열반에 들어갔다. 보름이 지난 그의 시신은 아무것도 걸치지 않은 알몸이었다. 태어날 때 아무것도 가지고 온 것이 없듯이 그는 마지막 누더기조차 벗어버리고 갔다. 평생 승복 두 벌 걸망 하나 무소유로 살다가 그 옷마저 벗어버리고 떠났다. 기도가 막힌 그는 금하를 부르다 입적했을까. 적음은 원효 곁으로 갔을 것이다. 아니면 최후의 사랑 금하가 불러서 데려갔을 테지, 하면서 일말의 질투를 느끼는 나란 놈은 무엇인가.

 흐흐 클클클클클….

 웃음소리가 환청으로 들렸다. 한바탕 크게 웃고 나니 인생이 저물었다.

 나는 한 번 크게 웃지도 못하고 살았다. 인간의 발을 치료하는 직업을 가진 내 앞에 수많은 발이 아파 누워있었다. 그 발들에 걸리고 치여 오가지도 못했다. 어느 곳에 오래 머물거나 누구에게 매인 적이 없는 그는 인생길 외로움을 달래줄 도반을 그리워했다. 아무도 흉내 낼 수 없는 탈속한 저 웃음소리는 법열의 소리였다. 그는 여자 소리로 울고, 남자 소리로 웃는 법을 내게 전해주었다. 시퍼렇게 날이 선 그의 웃음소리가 이제 하늘에 닿았다. 그러고 보니 그는 내게 침묵의 소리를 보여준 사람이었다. 아둔하고 미혹한 나는 이제야 겨우 알 것 같다. 내게 저 장엄하고 깊은 마음 내면을 들려주는 그가 소리의 아버지라는 사실을.

(2022년 《문학상》 특집호)

다시, 봄

겨울이 끝날 기미를 보이자 나는 서둘러 죽기에 마땅한 장소를 찾기 시작했다. 미적대다 기어이 또 한 번의 봄을 맞게 되었다.

죽는 방법에 관해서도 고민했다. 생을 마감하기 위해 쥐약을 사서 가방에 넣고 다녔다. 약통은 누런 종이봉투에 여러 겹으로 쌓여있었다. 하늘색과 보라색이 섞인 알약은 먹고 싶은 충동을 일으켰다. 요즘 누가 쥐약을 먹고 죽냐 싶겠지만, 쥐약에 함유된 맹독 성분 플로쿠파펜은 용량을 조절해 복용하면 서서히 죽음에 이를 수 있어 내 마음을 사로잡기에 충분했다. 지혈 성분인 비타민 K의 체내 생성을 방해하여 지속적인 장내 출혈로 천천히 세상을 뜨게 만든다는 것이다. 만성위궤양을 달고 살던 나는 '천천히 피를 흘린다'를 말 그대로 아주 천천히 발음하면서 묘한 쾌감을 느꼈다.

마이 글로리, 그녀가 지켜보는 앞에서 죽고 싶었다. 죽어가는 고통을 전달하며 장송곡의 템포로 지구에서의 마지막 시간을 즐기며 가는 상상은 나를 자극했다. 하루에 한 알 혹은 그보다 더 소량을 수일에 걸쳐 복용하며 천천히 죽어가는 것이다.

쥐약을 반 토막 내 사탕을 녹이듯 천천히 음미하며 삼켜볼까. 감미로운 죽음, 내성이 생길 리는 없겠지만 만에 하나 그러기라도 한다면 그 또한 묘한 경험일 것이다. 나는 변두리 약국 앞에서 잠시 망설이다 들어갔다. 약사는 졸다 깨어나 한참 만에 쥐약을 찾아주었다. 약통에 쓰인 **내성 없이 잘 죽는다**는 문구가 맘에 들었다. 전분, 향신료와 꽃소금이 섞인 알약의 푸른 색깔은 깔끔하게 죽기에 딱 알맞아 보였다.

2주간 충분히 사용해 보시고 결정하세요.

나는 곧장 계산대로 갔다. 평소 결정 장애가 있어 물건을 고르고 사는 일에는 자신이 없었기에 그 어느 때보다 사전 조사를 철저히 한 덕이었다. 약의 효능을 알기 전에 나는 여기에 없을 것이다. 그래도 전문가의 확인이 나쁠 것은 없다.

"쥐약 효과 있나요? 제대로 안 죽는 거 아닌가요?"

약사는 새파랗게 젊은 놈이 낮잠을 방해한 게 불쾌하다는 듯 나를 흘낏 보더니 졸린 목소리로 대답했다.

"속고만 사셨나. 효과 없으면 약값 백 프로 환불!"

죽기로 작정하자 마음이 급해졌다. 긴장한 탓에 목이 말랐다. 침을 꼴깍 삼켰는데 어이없게 식욕이 생겼다. 식사를 거른 지 며칠째인지 기억도 나질 않는다. 굶어 죽기도 쉬운 일은 아닌가 보다. 그녀와 함께 최후의 만찬을 배불리 먹고 싶었다. 이왕이면 엄마가 나를 낳고 먹었을 미역국을 먹고 싶다. 죽음을 상상하는 이 순간에 결코 생을 거스르지 않겠다는 듯 속으로 미끄러져 들어가는 매끈한 미역의 질감을 원하는 건 왜일까. 내가 죽음을 진정으로 원하는지 의심스러운 순간이다. 그녀는 떠나기 전에 과연 나를 만나줄까? 이 마당에 이별까지 감당하기는 벅차다. 엄마의 병도 따지고 보면 내 탓이다.

다음날이면 섬을 떠나야 했다. 그동안 복학과 자퇴 중 결정을 내려야 했다. 그날 그 섬 절벽 끝에 한 여자가 피사체로 서 있었다. 전날 민박집에서 얼핏 본 여자였다.

가거도는 말 그대로 살 만한 섬이었다. 약수가 흐르고 난대수림은 해무에 묻히곤 했다. 등대에 오르려면 높은 바람벽에 둘러싸인 윗마을을 지나야 했다. 인적 드문 마을을 지나고 아찔한 낭떠러지를 지나면 후박나무숲이 나타났다. 어두컴컴한 숲의 끝에 하얀 등대가 솟아 있었다. 나는 등대에 올라 바다를 바라보며 사진을 찍었다. 사진이라 봐야 친구의 취미를 옆에서 지켜본 것이 전부다. 내 눈엔 그것도 호사가의 취미로만 보였는데, 그러면서도 은근히 흉내를 내보고 싶었다. 등대 아래 백 미터 남짓한 절벽이 솟아 있고 그 끄트머리에 여자가 해를 마주 보고 있었다. 일몰을 앞둔 오후, 섬 바람에 그녀의 머리카락이 흩날렸다. 주춤주춤 절벽 끝으로 여자는 발을 옮기고 있었다. 낙화하기 직전, 긴장감에 내 몸이 떨렸다. 더 지체할 수 없었다. 나는 친구에게 빌린 니콘 카메라를 놓칠세라 연신 어깨춤을 추스르며 여자를 향해 손을 뻗었다.

"잠깐만요! 그대로 있어요."

급히 어깨를 붙들린 탓에 놀란 그녀는 내 팔을 잡았다. 간신히 안전한 곳으로 이끌어 앉히고 세찬 바람을 피하려 얼굴을 돌렸을 때, 그녀는 울고 있었다. 해는 수평선으로 기울어 구름이며 여자를 붉게 칠했다.

우리는 말없이 석양에 담겨 앉아 있다가 절벽에서 내려왔다. 나는 여자를 건넌방으로 들여보냈다. 갑작스럽게 피곤이 몰려왔다.

"주무시오? 밥 묵어야지."

문을 두드리는 소리에 깨어났다. 저녁을 매식하기로

한 것을 잊고 잠이 든 것이었다.

"아따, 죽으면 잠만 디립다 잘 것인디 먼 잠을 그리 잔다요. 죽으면 아무것도 남지 않는당께."

도박 중독자, 그것이 지금 나에 대한 정의다. 나는 죽어야 마땅했다. 엄마의 마지막 비상금까지 도박으로 날려버린 것이다. 코로나로 인해 일용직 아르바이트도 한동안 못 간 탓에 밑천이 궁했다. 엄마는 오히려 자기가 미안하다고 했다. 사흘 밤낮 눈물바람을 하면서도 당신의 가슴만 칠 뿐 엄마는 나를 향한 원망 한마디 하지 않았다. 중학교 졸업 전에 이미 술과 담배에 중독된 나는 무슨 수순인 듯 사이버 도박에 빠졌다. 손가락을 몇 번 까닥거리면 돈이 쌓이고 빠졌다. 그 짜릿함. 그러나 돈은 쌓이면 곧 잃게 마련이었다. 더 큰 돈을 따기 위해 모조리 배팅하기 때문이다. 돈을 몽땅 잃으면 나는 방황을 끝낸 탕아가 되어 엄마의 품에 안기곤 했다. 그렇게 돌아올 수 있었기 때문일까? 내가 아직 살아 버티고 있는 것은 엄마 덕분이었다. 그렇게 속을 썩이고 태워도 매번 받아주는 엄마가 고마우면서도 이해가 되지는 않았다.

졸음과 상념을 억지로 떨치고 마당에 나오니 저녁상이 차려져 있었다. 그녀는 고개를 숙인 채 밥을 먹었고 나와 눈을 마주치지도 않았다. 나도 왠지 말 붙이기가 서

먹했다. 죽기로 작정했던 사람이 밥을 먹는 모습을 보니 내가 다 무안했다. 먹는 둥 마는 둥 저녁 식사를 하고 방으로 돌아와 누우니 파도 소리가 어지러웠다. 새벽까지 여러 가지 생각들이 머릿속을 헤집었다. 건넌방에서 우는 소리가 들렸다. 울음소리는 파도에 섞여 이어지다 끊어지곤 했다.

여자는 왜 외딴섬에서 생을 마감하려는 걸까. 한참 망설이던 나는 소주병과 감자칩을 들고 그녀가 웅크리고 있을 방문을 두드렸다.

"술이나 한잔하죠."

잔잔한 바람이 부는 계단을 올라 민박집 지붕 옆 평상에 앉았다. 랜턴을 소주병 뒤에 놓자 은은한 조명이 들어왔다. 잠시 후 여자가 평상으로 올라왔다.

나는 소주잔을 건네며 물었다.

"죽는 게 무섭지 않아요?"

여자가 고개를 끄덕였던가. 그녀의 머리칼이 바람에 흩날렸다. 나는 밤하늘을 보았다. 은빛 소금을 뿌려놓은 듯 별이 흐드러졌다. 나는 평상에 드러누웠다.

"저기 북두칠성이 보여요."

반달이 사라지자 더욱 선명해진 별들과 그녀의 얼굴을 번갈아 바라보았다.

"참 별 볼일 없이 살았네요."

여자도 고개를 들어 하늘을 보고 있었다. 그러나 그녀는 무엇도 보고 있지 않았다. 그 눈길 끝에는 공허만이 있을 뿐이었다.

용기를 내라고, 희망을 품으라고, 그녀에게 말하고 싶었다. 하다못해 기도라도 해보라고 말하고 싶었지만, 나조차도 신을 믿지 않았다. 그러고 보니 나는 누군가를 위로해본 적이 없었다.

"여기 누워서 별을 보세요."

나는 술병과 종이컵을 한쪽으로 치우며 말했다.

"별들은 죽은 자에게는 말을 걸지 않아요."

나는 별자리들을 손가락으로 가리켰다. 우리는 나란히 누워 무수한 별들을 말없이 바라다보았다. 나는 웃옷을 벗어 그녀를 덮어주었다. 안개가 바다에서 몰려올 때까지 몇 번 그녀의 얼굴을 보았다. 술기운 때문에 몽롱해졌다. 바다로부터 안개가 몰려왔다. 사방에서 밀려드는 해무에 취한 나는 잠깐 잠이 들었다. 밤안개 속에서 여자를 안고 이마에 입을 맞추었다. 한기에 잠에서 깼을 때는 나 혼자였다. 방으로 들어갔지만 더 이상 잠은 오지 않았다.

아침 해가 섬과 섬 사이에서 일렁이고 있었다. 나는 배낭을 꾸리고 여객선을 타기 위해 포터 트럭 짐칸에 올라탔다. 여자가 묶는 방 앞을 지날 때 잠시 궁금했지만, 딱히 명분도 없었다. 이번에는 대흑산도를 거쳐 홍도 이구 마을에 잠깐 머물다 서울로 돌아갈 예정이었다. 트럭에 시동이 걸리자 여자가 급히 방에서 나와 손을 흔들며 다가왔다. 나는 마음이 급해졌다. 나는 그녀가 내민 손을 맞잡았다. 그리고 잡은 손을 풀며 나는 외쳤다.

"죽고 싶으면 내게 전화하세요. 나도 죽으러 올 테니까!"

여자는 멀어지고 나를 태운 트럭은 산기슭을 올랐다.

눈을 감으면 푸른 바다가 머리에서 일렁였다. 그녀가 절벽 아래로 몸을 던지는 찰나 노을은 삽시간에 검붉게 변했다. 나는 식은땀을 흘리며 깨어나곤 했다. 차라리 그녀를 안고 절벽 아래로 함께 몸을 던지고 싶었다.

"그때 안 죽은 게 오히려 다행인 것 같아요."

한 달 만에 마주 앉은 그녀는 달라 보였다.

"교회에 나가고 있어요."

"이번엔 제 차례예요."

나는 손을 내밀었다. 그녀는 말없이 내 손을 잡아주었다.

"나는 그때 그 남자가 아니면 안 된다고 생각했었어요. 순진했던 거죠. 그런데 그 남자보다 더 크고 순수한 사랑을 만났어요."

머리를 뒤로 묶으며 그녀가 말했다. 그녀의 하얀 어깨선을 바라보았다. 나는 마음에 맺힌 이야기를 꺼냈다. 엄마의 암 투병기를 두서없이 풀어놓았다.

삼수해서 들어간 대학에 다니다 바로 군대 영장을 받았다. 두 번이나 연기한 입대를 더 이상 미루기 어려웠다.

"제가 군대 가면 어머니를 곁에서 돌봐줄 사람이 없었어요."

"형제자매가 있잖아요. 없어요?"

"있지만 다들 먹고살기 바빠요."

제대해도 달라진 건 없었다. 생활비와 등록금을 마련하느라 아르바이트를 전전했지만, 푼돈으로는 하루하루 지출도 벅찼다. 나는 전직 중독자답게 좀 더 큰 자극과 더 큰 돈의 유혹에 쉽게 빠졌다. 그녀는 웃으며 말했다.

"학생이면 학교생활에 충실해야죠."

누가 선생님 아니랄까 봐. 그녀는 귀엽다는 듯 나를 보았다.

나는 꿈 이야기도 했다. 꿈에서라도 함께 죽고 싶었다고.

그녀는 달래듯 말했다.

"교회에 가서 기도해요. 난 많은 은혜를 받았어요."

"괴롭고 힘들고 어려운 사람들이 넘쳐나는데 정작 그분은 어디에 계신 거죠?"

"그거야…. 네가 찾아야지?"

타박을 각오하고 부린 투정 같은 말에 그녀는 미소로 답했다. 순간 나는 또 한방에 배팅하기로 했다. 이 여자에게!

기댈만한 어른의 품이 늘 부족했던 나는 내게 친절한 상대에게 금방 빠져 어떻게든 마음을 비비려 든다. 나에게 영광, 하느님께 영광인 그녀는 나만의 글로리였다.

한껏 들뜬 나는 카메라를 돌려준다는 구실로 친구를 불러냈다.

친구는 파마한 머리를 언제나 길게 길렀다. 뒷모습은 늘씬했다. 마이 글로리에 대한 자랑을 신나게 늘어놓자 친구가 말했다.

"인간은 결국 혼자야. 찌질이처럼 굴지 마라."

"연애가 원래 죽기 아니면 까무러치기 아닌가."

"새끼가 순진하긴. 그랬다간 까딱하면 접근금지야. 근데, 돈 안 갚냐?"

엄마의 눈물로 인터넷 도박을 끊은 나는 얼마 못 가 주식에 빠졌다. 처음에는 푼돈을 주식에 투자했다. 실시간으로 변동되는 주가는 내게 짜릿함과 긴장을 선사했다. 그러다 친구에게 돈을 빌리고 급전 대출까지 받아 목돈을 만들었다. 등록금은 진작에 날린 터였다. 암호화폐 거래소를 운영하는 회사 주식에 몰방했다가 폭락하는 바람에 알거지가 되었다. 진짜 인생은 한방이었다.
"안 떼먹어."
"빨리 갚아라. 나도 요즘 꼰대 눈치 보인다."
 군대 면제받고 대학을 졸업한 친구는 건물주인 아버지 덕에 취업은 관심이 없었다. 놈이 부러웠다.
"힘들기는 개뿔. 내가 그놈의 코인으로 폭삭 망했지만, 다음 주엔 호재가 있어서 주식이 오를 거야."
 다음 주는 올까? 내 눈앞에 미래로 갈 수 있는 계단이 있었다. 확실하지는 않지만, 계단 끝에는 졸업과 구직이라는 문이 있었다. 내 앞에 있는 계단의 개수를 셀 수 있었지만 문 뒤에 무엇이 있는가는 열기 전까지 알 수 없다. 그 문을 열고 가까스로 들어가면 무엇이 있을까. 그러나 이런 생각은 오래 지속되지 않는다. 나 같은 부류는 승자가 정해져 있는 게임판에서 들러리나 서다 가는 거다. 그러니 나는 자주 요행을 꿈꾼다.

대부업체에서도 빌린 돈을 갚으라는 문자를 남겼다. 집요하게 전화를 걸고 협박을 일삼았다. 그렇지, 이게 내 현실이지. 비루한 자취와 머리에 밴 돈 생각을 없애기 위해 술을 마셨다. 이 세상 최후의 주정뱅이라도 돼야지. 우리는 소주를 마셨다. 다음날 두통과 숙취가 남았다. 먹고 마시고 쓰러지는 어제 장례식은 무사히 치른 셈이었다.

엄마는 아픈 사실을 내게 숨겼다. 평소 소화불량과 속쓰림이 있어서 약을 먹는 줄로만 알았다. 상복부 통증과 불쾌감을 더는 숨길 수 없었을 때 엄마가 위암이라는 사실을 알았다. 스스로 만든 고립무원의 방에 갇힌 나는 엄마의 아픔을 제때 들여다보지 못했다. 아버지가 일찍 돌아가시는 바람에 온갖 궂은일을 하면서 어린 자식들을 키운 엄마였다. 엄마가 암에 걸렸다는 말을 들었을 때, 슬픔보다는 엄마가 떠나면 당장 혼자 먹고 살아갈 걱정이 더 컸다. 엄마가 없으면 난 어찌 되나. 수술 후 열흘 동안 나는 병실에서 지냈다. 병실 생활이 고단하던 차에 엄마가 퇴원을 고집하니 속을 들킨 것 같아 무안했다. 엄마는 항암 치료를 위해 병원비라도 줄일 계산인 거였다.

나는 엄마가 기저귀를 갈던 모습을 잊지 못했다. 통원 치료를 시작하기 전 며칠 거동이 불편한 엄마는 밤에 기저귀를 착용했다. 잠이 덜 깬 채로 화장실로 가다가 실수하는 걸 막기 위해서였다. 긴 밤을 버틴 속 기저귀와 겉 기저귀를 버릴 때면 엄마가 고통으로 견뎌낸 밤의 묵직함이 느껴졌다. 손에 든 젖은 기저귀는 앞으로 내가 감당해야 할 무게였다. 피할 수 있다면 피하고만 싶은 그 무게가 당장 내게 닿기라도 하는 듯 엄지와 검지를 집게처럼 사용해서 쓰레기봉투에 담았다.

사실 가장 곤란한 건 여동생이 엄마에게 기저귀를 채우는 것을 보는 일이었다. 다 큰 성인, 그것도 나를 업고, 먹이고, 기른 엄마에게 기저귀를 채우는 일은 뭐랄까, 그동안 내가 의지해온 한 사람의 세계가 속절없이 무너지는 기분이었다. 여동생이 자기 집으로 가고 나면 나 혼자 엄마를 돌봤다. 밥을 차려주고, 체온과 혈압을 쟀다. 그러고 나면 엄마는 잠이 들었다. 엄마가 누운 침대 옆 협탁에 물 한 잔을 올려놓고 안방을 나왔다. 세상의 모든 엄마는 열 자식을 피땀으로 기를 수 있지만, 그렇게 키운 자식들은 아픈 엄마 한 명을 제대로 돌보지 못한다. 정말 어렵다 어려워.

그렇다고 간병인을 쓸 형편도 아니었다. 고작해야 쓰

고 난 기저귀를 처리하는 정도의 일만 거들었을 뿐이지만 나는 지쳐갔다. 사실 엄마는 아픈 몸으로 내게 밥상을 차려 먹였다. 엄마에겐 나란 깨물어서 안 아픈 손가락이 없는 자식 중 하나였다. 요리법을 배워서라도 엄마가 영양을 보충하고 회복하도록 도와야 했었다. 초등학교 때 아픈 나를 업고 병원까지 뛰어갔던 엄마의 모습이 떠올랐다. 온도와 함께 유리관을 타고 오르는 액체가 신기했다. 막대 유리를 떼어내어 깨트렸다. 도르르 굴러가는 은빛 액체를 굴리며 놀다 혀에 댔다. 전기에 감전된 것처럼 진저리가 쳐졌다. 손에선 피가 흐르고 있었다.

난 정말 구제 불능이다. 통증에 시달리는 엄마에게 빌붙어 사는 꼴이라니. 아파서 누워있는 엄마에게 이미 거덜 난 등록금 이야기를 차마 할 수 없었다.

마이 글로리를 만나고 얼마 지나지 않아 엄마의 위암이 재발했을 때 나는 아찔했다. 한편으론 내가 엄마 곁에 있으니 그나마 다행이라 여겼다. 다른 형제들은 치료비 얘기가 나오면 아이들 기르기 힘들다는 넋두리와 돌봄에 대해 부당함만 털어놓았다. 돈에 쪼들리는 것 빼고 나라도 자식이 없는 게 참 다행이었다. 그리고 내겐 엄마를 대신할 그녀가 있지 않은가. 나는 병구완하는 일도 하는 둥 마는 둥 그녀를 만나러 갔다. 마이 글로리, 그녀에게 매달렸다.

어느 날 모텔 방에서 그녀가 내게 말했다.

"나 뉴욕에 가서 살고 싶어."

"뜬금없이 뉴욕? 그러던지."

내가 냉소적으로 말하자 그녀는 진지하게 말했다.

"목사님이 소개한 미국 전도사와 선을 봤는데 마음에 들어."

난 재빨리 말꼬리를 내렸다.

"난 너 없이 단 하루도 살아갈 수 없어. 그런데 어떻게 나를 두고 사이비 목사 말을 믿는 거니?"

"넌 기분에 따라 뭐든 저지르고 싶어 하지. 취하면 처음 만난 사람과 할 말 못 할 말 가리지 않고 이야기하다 나중엔 꼭 싸우고. 그런 너의 무모함을 때론 모른 척했지만 네 앞날에 도움이 될까 생각해 봤니?"

"그래. 맞아, 난 미친놈이야. 더 잃을 것도 없고 탈출구도 없어."

"너도 예수 믿고 구원받아."

마이 글로리, 그녀는 광신도라도 돼버린 걸까?

"난 예수도 부처도 다 싫다. 네가 믿는 교회 목사는 이단이라고 그러던데."

그녀는 딱하다는 눈길로 나를 바라보았다. 그녀가 나를 놀리려고 한 말이기를 바랐다.

 예수님도 까불면 죽는다는 이단 목사에게 헐벗고 굶주리며 핍박받는 사람은 단지 돈벌이 수단이며 일용할 양식이었다. 예수는 자신의 생명을 던져 인간을 구원하셨는데 목사인 당신은 신의 대리인인 자신을 믿으라는 말 이외에 무엇을 해주었는지 되돌아보라고 해. 당신이 부르짖는 전도는 핍박받는 가여운 사람들을 갈취하는 인간사냥법에 불과하다고. 갈취한 돈으로 지은 궁궐에 신은 존재하지 않지. 목사의 탈을 벗고 진실한 인간부터 되라고.

 내가 말을 마치자 그녀는 가방을 챙기고 일어섰다. 다시는 나를 만나지 않겠다며 마이 글로리는 모텔 방문을 열고 나갔다. 그녀가 떠난 자리에 귀걸이가 떨어져 있었다. 다이아몬드가 박힌 금귀걸였다. 나는 그것을 주머니에 넣고 친구에게 가서 소주를 마셨는데 필름이 끊겨 기억이 나질 않는다. 금귀걸이를 들고 전당포에 갈까 고민했었다. 그녀가 남긴 분신이라서 차마 돈으로 바꾸질 못했다. 서울의 낯선 거리에 벚꽃이 휘날리는 봄이 왔다. 코로나가 극성이었지만 나는 실외에서 마스크를 벗고 다녔다. 친구와 싸운 기억이 긴가민가한데 정신을 차리니 길거리에서 고등학생 무리에게 맞고 있었다.

　미친 새끼, 맞아 죽어도 싸다. 미친개는 몽둥이가 약이야. 발길질이 날아왔다. 그녀에게 차인 내 마음이 더 아팠다. 세상 무서운 것이 없는 아이들에게 시비를 걸었으니 그래 난 맞아 죽어도 할 말이 없었다. 온몸이 욱신거렸다. 차가운 골목 바닥에 큰대자로 뻗어있는데 병실에 누운 엄마 생각이 났다.

　항암치료를 다시 시작한 지 얼마 되지 않아 엄마의 몸은 예상한 부작용들이 나타나기 시작했다. 그중에서 엄마가 가장 힘들어했던 것은 구토였다. 음식을 먹으면 기침과 구역질이 이어지며 결국 구토했다. 흰죽조차 몇 입 먹지 못하고 토해냈다. 식사 자리에 앉을 때마다 엄마가 구토할 수 있도록 비닐봉지와 휴지를 준비해 두어야 했다. 이런 상황에 내가 얼른 적응하기만을 바랐다.

　불편한 순간들은 끊임없이 찾아왔다. 항암치료 한 달째에는 응급실까지 가야 했다. 토요일 오후, 건축 현장에서 잡부 일을 하던 중에 전화가 왔다.

　"어젯밤부터 엄마가 갈비뼈 부위가 찌릿찌릿하다며, 몸을 좌우로 돌리기 힘들어하네. 혹시 뼈 문제인지 모르겠어. 병원에 가봐야 할 것 같아."

여동생이 일주일째 엄마를 모시고 있었다. 엄마는 관절통으로 잠을 이루지 못한다고 했다. 암세포가 뼈를 침범하여 골절 위험이 커질 수 있다는 인터넷 정보가 떠올랐다. 골절이 심하다면 정형외과 치료나 수술이 필요할 수도 있었다. 항암치료는 미루어질 수밖에 없었다. 치료가 지연되면 뼈 약화로 인한 악순환이 발생한다. 그래서인지 의사는 골절을 조심하라고 거듭 당부했었다.

나는 담당 간호사에게 전화를 걸었다. 수화음이 계속되자 점점 불안해졌다.

벌써 퇴근한 걸까? 그냥 응급실로 가야 하나? 아니면 엄마에게 내일까지 참으라고 해야 할까?

기계음을 듣는 동안 마음이 조급해졌다. 순간 기계음이 끊어지고 통화 연결이 되었다.

"환자가 상체를 숙일 수 없고, 몸을 돌리는 것도 어려워요. 어떻게 해야 하죠?"

간호사의 목소리는 차분했다.

"코로나19로 현재 응급 병동은 폐쇄됐습니다. 몇 시간 대기할 수도 있고, 그런데도 진료받지 못할 수도 있어요. 일단 응급실에 연락해보겠지만, 오늘 내로 진료받지 못할 가능성도 있습니다."

진료받으라는 것인지 말라는 건지. 결정은 환자와 보

호자에게 달렸다. 이제부터 아프면 참지 않을 거야. 평소 자기 주장을 잘 하지 않는 엄마였지만, 이번만큼은 단호했다. 여동생은 엄마와 함께 먼저 응급실로 가기로 했다. 아픈 엄마를 뒷전에 두고 내 머릿속은 온통 그녀를 붙들 궁리뿐이었다.

마이 글로리가 영영 떠날지 모른다는 생각에 나는 초조해졌다. 더욱이 엄마마저 이 세상에 없다면 나는 살아갈 힘줄을 놓아버리게 될 것이다. 봄날 날개 꺾인 나비처럼 나는 추락할 것이다. 엄마와 나 그리고 마이 글로리와 나를 이어주던 인연의 끈이 풀리려는 느낌이 오자 나는 죽을병에 걸린 놈이 되었다. 어깨는 축 처지고 만사에 의욕을 잃고 멍해졌다.

사라지고 싶었다. 연기처럼 거짓말처럼 이 세계에서 사라져야 했다. 한 줌 목숨 때문에 지금까지 살아있는 걸 보면 아직 죽을 용기조차 없는 것인가. 아니면 절망감에 어느 정도 내성이 생긴 것일까.

자신을 사랑해야 남을 더 사랑하게 된다는 것을 이해할 수 없다. 내가 극한의 고통을 느껴야 타인의 고통을 이해하듯 사랑도 상대적이라는 말인가. 나는 그 사실을 몰랐다. 설령 알고 있다고 해도 그녀가 떠나려고 하는데 무슨 소용이 있겠는가.

밧줄과 전깃줄과 노끈을 모았다. 무거운 돌을 매달아 떨어뜨리며 줄과 끈의 강도를 시험했다. 이런 실험은 나름 진지하게 진행했다. 죽는 게 어디 장난칠 일이냐. 조심해서 나무에 기어 올라갔다. 밧줄을 걸고 무거운 돌을 끌어올리고 떨어뜨렸다.

그녀에게 전화를 걸었다.

"네가 보고 싶어서 죽을 것 같다. 잠깐 얼굴이라도 보여주면 안 되겠니?"

"…"

그녀는 아무 말 없이 끊었다.

문자 메시지를 계속 보내자 그녀에게서 답장이 왔다.

'더는 연락하지 마.'

'교회는 죽어도 안 나갈 거야.'

'그리고 나 곧 결혼해서 미국에 갈 거야. 그분과 결혼해.'

'그래. 잘났다.'

'너는 평생 소설을 쓰겠다고 했지? 그런데 잘 생각해봐. 그걸로 생활이 될까?'

'소설 안 쓸 거야. 그깟 소설 나부랭이가 뭔 대수라고. 내 몸은 아직 튼튼하니까 죽어라 돈 벌어서 널 행복하게 해줄 수 있는데.'

'이해할 수 없어. 마음이 여리고 철이 없는 네가 어찌 살아갈지 걱정이 앞서네. 우선 네 학업부터 마치고.'

아무리 아르바이트를 죽으라 해도 생활비는커녕 늘 돈이 모자랐다. 식비와 술값은 감당하지 못할 정도로 오르고 교통비와 통신비도 부담스러웠다. 편의점에서 가장 싼 도시락을 골라 먹었다. 배달 알바에서도 문제가 생겼다. 배달 오토바이가 넘어지는 바람에 허리를 삐끗했다. 보충해 넣어야 할 음식값과 오토바이 수리비가 일당을 넘어섰다. 벌써 몇 번째인지. 핸드폰을 들여다보며 수시로 주식시세를 들여다보던 버릇 때문이었다. 결국 나는 해고 당했다.

내가 형편없는 놈이지만 한 여자를 먹여 살릴 열정조차 없다고 생각해 본 적은 없었다. 마이 글로리는 냉정했다. 아직은 희미하나마 희망은 있었다. 그녀는 그렇게 매정한 사람이 아니라고 믿고 싶었다. 그녀를 뉴욕이나 LA에 데려가기 위해서라도 위험 부담이 많은 칼날 주식에 몰방을 걸었다. 열 배 백 배로 튀어 오르는 순간이 올 것이다. 그녀와 함께 스포츠카를 렌트해서 66번 고속도로를 달리는 순간이 올 것이라 믿었다.

내가 원하는 건 너의 아주 작은 사랑이었어. 말하고 싶었다.

술을 마시다 지하철을 탔다. 역을 지나쳐 내렸다. 걸었다. 뒤에서 자동차 클랙슨이 울리고 욕설이 날아와도 앞만 보고 갔다. 이슬비가 내렸다. 걷다 마음이 급해지면 뛰기도 했다. 굴다리를 지나고 그녀가 사는 골목이 보였다. 빗줄기가 굵어졌다. 그녀가 보고 싶었다.

 믿음과 기도가 부족한 자의 절망은 죄악이며 죽음에 이를 뿐이라고 누가 말했던가. 간절함이 부족했다. 날이 선 과도를 사서 가방에 집어넣고 다녔다. 손목에 칼을 대고 그녀를 데리고 인질극을 벌이는 상상을 했다. 소릴 지르며 발악하는 싶은 심정이었다. 그러면 경찰이 출동하겠지. 옛날식으로 유전무죄 무전유죄라고 소리를 지르다 총이라도 맞으면 비극이겠지. 그녀와 함께할 축제일은 어디에 있는 것일까. Coldplay와 Maroon5 노래를 입속으로 흥얼거렸다. BTS 노래를 기억하면서 눈을 감을까. 노래를 흥얼거리며 잠이 든 그녀 곁에 오래 머물고 싶었다.

 골목 입구에서 플래시 불빛이 다가왔다. 경찰이었다.
 "주민신고가 들어왔습니다."
 불심검문에 길렸는데 주민등록증이 없다. 파출소에 갔다.

가방 속에서 암벽용 밧줄과 날이 선 과도가 나왔다. 경찰서로 인계되고 옷에서 알약과 귀걸이 한쪽이 나오자 형사는 놀라서 눈을 크게 뜨고 말했다.

"이 사람. 누굴 죽이려고 작정한 모양이네. 며칠 전 칼에 찔려 죽은 아현동 살인사건 피의자로 구속해야겠어. 좋은 말 할 때 불어. 이 새끼, 몇 달 전 편의점에서 주인 몰래 돈 훔쳤다던 그놈 아니냐?"

얼굴을 자세히 들여다보던 형사는 내 뒤통수를 손바닥으로 후려쳤다.

"맞네. 그놈 맞아."

"아녜요. 화장실 갔다 온 사이에 누군가 계산대 현금을 털어간 거예요. 털어간 애도 잡혔는데."

형사가 내 신원을 조회했다. 편의점 아르바이트할 때 현금을 도둑질당해 누명을 썼던 일까지 드러났다.

"누굴 죽이려고 칼과 밧줄을 가지고 다녔어? 쥐약은 어디서 구매했니? 솔직하게 털어놔!"

용의자 신분이 된 나는 주눅이 들었다.

"그냥 샀어요."

형사는 눈빛이 날카로웠다.

"누구야? 누굴 죽일 의도로 흉기를 소지한 것도 살인미수야. 말해!"

"저요."

"너 지금 뭐라 했냐?"

"저요. 저를 죽이려고요."

실연했다고 자살? 형사는 웃더니 나를 풀어줬다.

형사는 내 등을 두드리며 힘내라고 말했다. 지금 내게 무슨 힘이 필요하단 말인가. 힘과 용기만 넘치는 돈키호테가 되란 말인가. 경쟁을 뚫고 대기업에 입사할 실력도 모자랐다. 세금 잘 내는 직장인으로 살다가 요양원에서 눈을 감으란 말인가. 당장 거머리처럼 피를 빠는 사채업자에게 허덕이는데. 싫다 싫어.

예수처럼 죽은 후 부활할 수도 없는 노릇. 너 죽고 나 죽자거나 내가 살기 위해 남을 해치거나 할 위인이 못 되는 나는 그녀의 미래를 위해 미국으로 보내야 하는가. 보내준다기보다 알아서 떠나가도록 모른 척하거나 잊어버려야 하는가. 제기랄.

병원의 응급실은 역시 폐쇄되어 출입이 제한되었다. 휠체어에 앉은 엄마는 응급 병동 바깥에서 대기했다. 방호복을 입은 보안 요원에게 환자의 이름을 알리고, 호출을 기다렸다. 어린 조카들을 돌봐야 하는 여동생이 집으로 가고 나와 엄마는 대기석에 남았다. 안내 스크린에는 엄마가 진료받기까지 남은 시간이 표시되어 있었다. 지루한 시간이 흘러갔다. 3시간을 더 기다린 후, 응급실 안으로 들어갈 수 있었다.

미안하고 안쓰러운 마음으로 엄마를 내려다봤다.

"이제 아프면 참지 않고 아프다고 말할 거야."

엄마는 내 손을 꼭 잡았다. 엄마는 드디어 병과 맞서 싸울 준비를 한 듯 보였다. 응급실에서 진행된 검사는 채혈과 엑스레이 촬영이 전부였다. 장장 4시간의 대기 끝에 처방받은 것은 진통제와 근이완제뿐이었다. 엄마의 병은 점점 깊어지고 나는 앞으로 다가올 어둠의 그림자가 무서웠다. 나를 걱정하는 엄마마저 없다면 고아가 된 난 얼마나 더 불쌍해질까. 대부업체 빚 독촉은 살인적이다. 빚더미에 눌려서 허덕이다 그것을 갚으려고 다시 빚지는 마이너스 인생이 나를 기다릴 뿐.

앞으로 엄마가 응급실을 찾아야 할 일이 얼마나 많을지 모르겠다. 새벽녘에 발을 동동 구르며 응급실을 찾는 일이 다시 올까 문득 두려움이 생겼다. 잘 살아갈 자신도 없고 능력도 없는 내가 먼저 세상에서 사라져야 할 것 같다.

집으로 돌아오면서 생각이 많아졌다. 먼저 죽은 이들

이 밟고 다져놓은 길을 따라 나도 가는 중이었다. 그 누구도 그 길을 되돌아와서 살아본 적이 없으니 물어볼 사람도 없었다. 시간이 얼마 남지 않았다. 봄이 오고 있었다.

참지 말고 말해야 했다. 그러나 마이 글로리는 문자를 보내도 답이 없고 전화를 걸어도 받질 않았다. 계속 걸자 음성 안내가 흘러나왔다. 지금은 전화를 받을 수 없습니다. 잠시 후 다시 걸어주십시오. 매몰차고 냉정한 그녀가 나를 휴지 조각처럼 버린 것인가. 기어코 벼랑 끝으로 나를 밀어내버린 것인가. 이제까지 나는 죽을 용기도 없는 소심한 인간에 지나지 않았다.

엄마, 필요하면 부르세요. 엄마를 침대에 눕히고 이불을 덮어주었다. 물잔에 따스한 물을 가득 채워 엄마 침대 옆에 놓아드렸다. 나가려는데 엄마가 조용히 부른다.

"아들, 힘들지? 난 내가 사랑을 주기 위해서 너를 이 세상에 내놓았다고 생각해. 난 지금 네 걱정뿐이야. 혹시 내가 이 세상을 떠나면 이 유언장에 적힌 대로 해줄래?"

엄마는 흰 봉투를 건넸다. 전셋집을 내게 명의 이전 한다는 내용일 것이다. 다른 형제들과 다투지 말라고.

나는 방으로 들어갔다. 불을 켠다. 눈물이 흐른다. 약병을 찾았다. 파란 알약을 몇 알 꺼내 책상 위에 놓고 과도를 꺼내 반으로 잘랐다. 천천히 죽기 위해 하루에 반 알씩 꾸준히 복용. 내가 내린 처방이다. 오늘이 복용 7일째. 속이 쓰리다. 창문에 드리운 커튼을 닫았다. 불을 끈 방안은 싸늘했다. 알약을 손에 쥐고 침대로 가서 누웠다. 작은 방 공기가 차가웠다. 눅눅한 습기가 묻어나는 이불을 끌어당긴 후 그녀에게 전화를 걸었다. 신호음만 이어질 뿐이다.

내일이면 여행 가방을 끌고 뉴욕으로 가는 그녀는 새로운 삶을 시작하겠지. 축복받은 미국 시민권자이자 전도양양한 신의 사도 전도사와 결혼하겠지.

하느님도 버린 양아치인 난 다시 전화를 걸었다. 가는 길이 어둡고 좁더라도 나는 불평하지 않을 것이다. 살길마저 막막한 나는 떨리는 숨결에 알약 반쪽을 입에 넣었다. 차가운 물을 마시며 떠오르는 모든 상소리를 뱃속으로 내려보냈다. 목소리를 가라앉히고 그녀를 불렀다. 더 이상 참지 말고.

"여보세요? 누나?"

이번엔 부재중이 아니라 전화를 받았다. 그녀가 전화를 받지 않으면 음성 메시지라도 남기려고 했었다. 잘 가라는 마지막 이별의 메시지를 짧게 남기고 싶었다.

그녀는 말이 없고 숨소리만 들렸다.

"누나. 어이 글로리. 내일 떠나니?"

그녀 숨결은 점점 거칠어지더니 작게 흐느끼는 소리가 들렸다.

"나 미국 안 가. 사실 나 지금 병원이야."

"무슨 소리야. 어디야? 뉴욕에 있는 병원이야?"

"내일 수술해야 해. 날 그냥 잊어버려. 널 많이 사랑해주질 못해서 미안해."

머릿속에서 유리창에 금이 가는 듯 쨍한 느낌이 들었다. 기껏 눌렀던 욕설이 울렁이며 방언처럼 쏟아져나왔다. 그녀가 거짓말을 하는 것이 분명했다.

다시 걸었으나 음성 사서함 기계음. 초조한 가운데 전화벨이 울렸다. 나는 핸드폰을 귀에 댄다. 귀에 익은 사채업자의 독촉 전화였다.

"네. 다음 주에 꼭 갚을게요."

다음 주는 어김없이 올 것이다. 오늘은 나 스스로 벌을 주겠다. 반 알 더. 알약 반 알을 마저 씹어서 삼켰다. 그렇게 죽을 맛은 아니었다. 쥐가 좋아하는 맛이 이럴까. 죽은 듯 누워있으니 슬픔이 독성과 함께 전신에 번진다. 마이 글로리가 아프니 나도 따라 아파야 했다. 가슴이 아리고 쓰리고 칼끝이 명치로 파고드는 느낌이지만 짜릿했다. 그녀 목소리와 함께 할 수 있는 이 순간이 너무도 짧다.

 이렇게 간단한 것인가. 사랑도 이별도 숨이 끊어지는 순간처럼 짧으면 허무할 것이다. 길고 느리게 천천히 그녀를 기억하며 여기를 떠날 것이다. 긴 복도를 지나 문을 열고 나가듯이. 차라리 그녀가 병에 걸린 게 아니라 무사히 출국하기를 바라고 또 바랐다.

 그녀 대신 내가 아프면 얼마나 위안이 될까. 생각하다 잠이 들었다. 나는 회당으로 들어갔다. 앙상하게 메마른 나는 그녀 두 무릎 위에 누워있었다. 피에타 성모가 된 그녀는 슬픔에 잠겨 죽어가는 나를 바라보았다.

 핏줄을 타고 도는 눈물과 숨결이 가라앉고 미세먼지가 섞인 검은 비가 내리고 있었다. 저녁은 깊은 잠에 빠지고 내쉬는 숨결에 물방울이 맺혔다. 식물처럼 누워있는 엄마가 말기 암에 걸린 마이 글로리 모습으로 겹치고 바뀌었다. 그렇게 쉽게 죽을 리가 없지. 불쑥 싸우고 싶은 욕구가 목구멍에서 솟아올랐다. 두 주먹이 불끈 쥐어진다.

 살고 싶다!

 한 줄기 은은한 빛이 커튼 사이를 비집고 들어왔다. 누군가 내 이름을 부르는 소리가 들렸다. 푸덕거리며 봄의 날갯짓이 섞인 그 소리는 절망에 이르는 불치병을 몰아내는 굿판처럼 쨍쨍거리며 크게 울리다 점점 희미해졌다.

이번에도 나는, 너무 늦은 건가.

(2023년 《문학나무》 여름호)

녹주

나 먼저 가네. 자릴 잡고 기다리겠네. 죽는 일은 두렵지 않지만, 그녀를 두고 가는 마음 무겁기만 하네. 매정하기만 한 그녀이지만 마지막 장편은 꼭 그녀에게 바치고 싶었는데. 어쩔 도리가 없네. 병마와 굶주림에 못 이겨 떠나네. 안녕히 지내시게. 유정.

 김 형.
 형 따라 그곳으로 가려는 마음 먹고 식음을 전폐했소. 기침과 각혈이 멈추질 않아요. 내 몸에 피를 만들 영양분이 남아있기나 하겠습니까. 거기서도 그녀를 잊지 못하시겠지요. 이제 잊으시길 바랍니다. 나는 이만 이 낯선 세계를 조감하면서 가볍게 날아갑니다. 지구별이여, 굿바이. 이상.

 북악산 기슭에 초목이 무성한데 새벽에 울 닭이 대낮

에 울어댄다. 큰일 났네! 큰일 났어. 녹주는 오금이 오슬오슬 저리고 춥더니 골머리가 찌근찌근하며 팔다리가 욱신욱신, 기어이 병이 나고 말았다. 골머리를 싸매고 누워 곰곰 생각하니 상사병이라도 전염되었는가 싶다. 백약이 무효하다는 그 병이라니. 자존심이 허락하질 않는다. 분명 그를 만난 인연으로 생겨난 병이었다. 간밤에 꿈자리가 사납더니.

녹주가 극장 공연을 마치고 나오는데 그 사람 유정이 건너편 목욕탕 앞에서 기다리고 있다가 달려왔다. 유정은 선생의 공연을 극장에서 보고 첫눈에 반했다고 막무가내로 고백한 터였다. 처음에는 선생님으로 부르다가 어느새 당신이니 그대니 하면서 편지질하기에 이르렀다. 녹주는 한남 권번에 소속된 명창이자 기생이었다. 기생학교에서 10년 이상 가무를 익혀야만 기생이 될 수 있었다. 기생은 명인 가객과 더불어 판소리 전수의 주요 축이었다. 기생 녹주는 판소리로 서울 일대는 물론이고 전국에 그 명성이 자자한 인물이었다.

녹주 선생님 전. 나는 조선극장에서 선생님이 소리하는 것을 듣고 보았습니다. 모든 사람의 인기를 끄는 것이 정말 기뻤습니다. 나는 선생님을 연모합니다. 난 22살 먹은 연희전문 학생입니다. 고향은 강원도 춘천이고 어머니와 아버지는 일찍이 돌아가시고 위로 형님과 누님들이 있는데 지금 누님 집에 머물고 있습니다. 주소는 바로 옆 동네인 봉익동입니다.

  김유정 올림.

  녹주가 어머니를 닮은 것이 화근이었다. 유정은 응석을 부릴 어린 나이 일곱에 어머니를 여읜 탓에 아버지로부터 더욱 남자다울 것을 강요받으며 자랐다. 아버지마저 세상을 뜨자 유정은 더욱 침울해져만 갔다. 그의 나이 고작 아홉일 때였다. 큰형의 방탕한 생활로 천석지기 집안이 기울어 생활이 어려워지기 시작했다. 유정은 품속에 늘 어머니 사진을 지니고 다녔다.
  태어나서 연애라곤 해본 적이 없는 숙맥이 돈키호테처럼 무작정 달려드니 기가 찰 노릇이었다. 연모라니. 짐작은 갔다. 젊은 혈기에 취해 보낸 편지이려니 그대로 돌려보내는 수밖에 없었다. 대낮에 사랑 고백을 해도 염치가 있어야지. 거리 오가는 인파를 불러 모아 놓고 보란 듯이 사랑 고백하는 격이었다. 그러나 그다음 날 또 다른 편지가 왔다. 이번에는 레코드판 재킷에 찍힌 녹주의 사진이 동봉됐다.

장안의 특종 거리를 찾는 기자들과 연애 사건을 가십거리로 삼는 마나님들 심심풀이라도 되어 볼까. 에그 망측해라, 녹주는 생각을 접는다. 제법 사내답게 잘 생겼는데 너무 어수룩하고 어린 나이가 흠이었다. 게다가 학생 신분이었다. 유정은 스물을 갓 넘긴 혈기가 넘치고도 남을 사내였다. 어린 남학생과 연분이 나면 여자만 세상 웃음거리가 될 뿐이었다. 찰거머리처럼 끈질기게 달라붙으려는 철부지 총각을 어찌 달래본다는 말인가. 곰곰 생각하는데 문밖이 시끄러웠다.

사랑방에 손님이 들었다.

아버지가 재촉한다. 아버지는 녹주의 뒤를 봐주고 그녀가 버는 돈을 몽땅 거둬가는 자였다. 그는 박수무당 출신으로 평소 소리에 관심이 많았다. 녹주가 열두 살이 되던 해 선산읍에 협률사라는 소리패 공연이 있었다. 소리패의 춤과 줄타기도 흥겨웠지만, 그들이 부르는 판소리 가락을 따라 흥얼거리는 녹주를 보고 아버지는 무릎을 쳤다. 녹주의 평소 목소리가 제법 우렁차게 씩씩하기에 그녀를 명창으로 길러낼 심산이 섰기 때문이었다. 명창이 된 녹주가 벌어들일 돈이 눈앞에 어른거렸다. 그 돈으로 쪼이는 노름빚을 갚고 술값으로 쓰며 팔자 한번 늘어지게 살아볼 계획이 서자 염화시중의 미소가 저절로 생겼다. 그렇게 녹주가 버는 돈 대부분은 투전마당의 노련한 노름꾼 손으로 들어갔다.

"김 영감이 왔어."

김 영감은 팔도 명창대회에서 녹주의 모습에 반하여 그녀를 후원하는 은인이었다. 치근거리기는커녕 그녀의 판소리만을 귀중하게 여기는 이였다

녹주는 못 이기는 척 일어나서 얼굴에 분을 바르고 입술에 붉은 루주를 바른 후 옷매무새를 만졌다. 타고난 미모와 노래 실력은 호사가들이 알아보아서 그녀를 만나러 온 손님이 많았다. 녹주는 사랑방에 앉아서 가야금을 타며 영감이 좋아하는 옥중가를 불렀다.

철옹성같이 두른 담은
보이난이 하나 되어
들리난이 새소리로구나
낮이면 꾀꼬리 밤이면 두견새
서로 불러서 화답하니

꿈도 빌어 볼 수가 없구나
아이고 어쩔거나
임이 그리워 어쩌자는 말이냐

 녹주는 창을 하며 자신의 처지를 되뇌었다. 어린 나이에 아버지 손에 이끌려 지독하기로 소문난 소리꾼의 문하생으로 들어가 하루 네 시간만 겨우 자고 꼬박 소리를 연습했다. 소리를 잘 내면 하루 한 끼 겨우 얻어먹을 수 있었다. 스승은 소리가 마음에 들지 않으면 참기름을 먹였다. 소리를 매끄럽게 만들기 위한 처방이었다. 성대에서 쇳소리가 나고 피가 터져 나올 때까지 소리 훈련은 하루하루가 지옥이었다. 목청이 트이자 아버지는 그녀를 데리고 회갑 잔치나 혼인 잔치에 가서 소리를 하게 했다.
 "이제 소리를 제법 할 줄 아는구나."
 녹주가 열네 살 되던 해 아버지는 달성 권번에 삼 년치 삯을 받고 팔아넘겼다. 녹주를 수양딸로 삼은 권번의 행수기생 앵무는 사람 됨됨이가 너그러웠다. 녹주의 재주를 알아보고 아끼는 마음으로 춤, 시조창과 판소리를 전수하였다. 녹주 나이 열다섯, 그녀의 처지를 불쌍히 여긴 한 한량이 빚을 대신 갚아주어 녹주는 집으로 돌아오지만, 아버지 손에 이끌려 다시 대구로 끌려가서 기생 수업을 받아야만 했다. 녹주의 꽃다운 시절은 그렇게 사라져갔다. 몸은 소리로 차올랐지만, 마음은 늘 허전하였다. 그러는 동안에도 소리는 다듬어져 녹주는 소녀 명창으로 알려지기 시작했다.

"이제 돈 좀 만져보자."

아버지 성화를 못 이겨 호사가 집에 가서 창을 하면 꽤 많은 사례비를 받았다. 녹주가 번 돈은 모두 아버지 수중으로 들어가서 도박과 유흥비로 사라졌다. 열아홉에는, 어느 갑부가 그녀에게 화초 머리를 올려주고 서울에 집과 세간을 사주었다. 녹주는 서울로 와서 전국 명창대회에 참가하면서 소리꾼으로 이름을 알리게 되었다.

김 영감의 부탁이라 녹주는 물 한 모금 마시고 우렁차게 아니리를 섞어가며 소리를 내었다. 영감은 전국의 명창이 모두 출연하는 대회 전부터 녹주가 출연하는 공연을 따라다녔다. 기교보다는 시원스럽게 뱃속에서 뽑아 올리는 힘찬 동편제 소리에 속이 후련해지는 느낌이었다. 달리 해방구가 없던 시민들은 환호했다.

"앙코르, 재창이요."

"삼창이요."

기립 박수 소리가 길게 이어졌다. 한복에 갓 차림을 한 영감은 공연이 끝나자 녹주 집으로 찾아왔다.

"자네 소리가 하도 좋아서 따라왔네. 우리 명창께서 어찌 사는지 궁금했네."

"이런 누추한 곳까지 어쩐 일이신지요."

장안에 갑부로 소문난 영감을 알아본 녹주 아버지 박 씨는 예를 갖춰 마루에 앉기를 권유했다.

"명창을 이런 곳에 계시게 해서야 쓰나."

"그나마 셋집입니다."

박 씨는 눈치를 채고 짐짓 거짓말을 했다.

"어허, 녹주는 앞으로 국창이 될 사람이야."

"옳은 말씀입니다. 저희도 어쩔 도리가 없지요."

"내가 집을 한 채 사주겠네."

영감이 호기 있게 말하자 녹주가 나섰다.

"아닙니다. 고맙지만 사양하겠습니다."

녹주가 거절하자 아버지가 나섰다.

"글쎄 너는 가만히 있거라. 이 어르신이 너를 귀하게 여기는 걸 감사해야지."

"난 한 번 뱉은 말은 거두는 사람이 아니오."

영감은 수운동에 번듯한 기와집 한 채를 사줄 테니 부

르는 날짜에 오라고 약속하였다. 그리고 덧붙였다.

"아무 이유 없이 집을 사주면 자식들 보기에 곤란하니까 마침 형님이 생신이니 축하연에 와서 판소리를 들려주면 좋겠네."

아버지는 기뻐서 머리가 땅에 닿도록 연신 고개를 주억거렸다.

약속된 날, 녹주는 단장하고 성북동 영감 집에 갔다.

공연이 끝나자 김 영감의 형님이란 자가 흡족한 표정으로 녹주에게 소원이 무엇이냐고 물었다. 녹주도 눈치가 없지 않았다.

"듣기에 집을 사셔서 세를 준다는데 저한테 빌려주도록 허락해 주십시오."

큰 영감이 헛기침하고 좌중을 둘러보며 목소리를 높여 말했다.

"빌려줄 뿐이냐. 네게 집문서를 주겠다."

좌중이 술렁거리자 집안의 큰 어른이 일침을 놓았다.

"여러 소리 말아라. 이 세상 둘도 없는 명창이니라. 다 이 나라를 위한 일이다."

영감이 형님을 보며 크게 웃었다.

"더 부탁하실 일이라도?"

"한 곡 더 듣고 싶구나. 명창께서 애창곡 한 번 불러주

시게나."

녹주가 영감에게 절을 하고 말하였다.

"그럼, 춘향가 중 이화춘풍을 부르겠어요."

녹주 나이 겨우 이십 중반을 바라보고 있으나 마음은 세상살이 다 겪은 중늙은이가 되어버린 느낌이었다. 녹주는 스스로 누군가를 그리워하거나 사랑해 본 적이 없었다. 녹주가 할 수 있는 일은 그런 아련한 그리움조차 품을 수 없는 자신의 신세를 노래에 녹여내는 일이었다. 녹주는 자신의 젊은 시절을 어디선가 잃어버린 기분이 들었다. 봄날, 꽃바람이 불었다.

어사또 다시 묻지 않으시고 금낭을 어루만져
옥반지를 내어 행수기생을 불러주며
네 이걸 갖다 춘향을 주고 얼굴을 들어 대상을 살피거라
춘향이가 가락지를 받아 보니
도련님과 이별 시에 드렸던 지가 끼던 가락지라
춘향이 넋을 잃은 듯이 들고 보더니마는
네가 어디를 갔다가 이제야 나를 찾아왔느냐
그 자리에 엎드러져 말 못 하고 기절하는구나

춘향이 어사가 된 이몽룡을 만나는 장면에 이를 때 녹주는 축하객들 사이 담장 너머에서 자신을 바라보고 있는 유정을 얼핏 보았다. 사방을 두리번거리다 북채 소리에 놀라서 정신을 차리니 그의 모습이 온데간데없었다. 새파란 청년이 첫눈에 반했다며 연상의 녹주에게 애정 공세를 폈다. 유정은 거의 매일 편지를 보냈다. 우체부가 놓고 간 편지의 내용은 늘 비슷했다.

녹주에게.

힘찬 목소리와 공연하는 모습에 반하여 극장 문밖 길가에서 당신을 기다렸습니다. 달빛 아래 당신은 정말 아름다웠소. 당신을 진심으로 연모하오니 저의 마음을 부디 받아주시길. 밤마다 당신 생각에 잠 못 이룹니다. 나는 매일 당신이 지나다니는 골목이나 길가에 서서 당신이 오기를 얼마나 기다렸는지 아시오?

유정으로부터.

돌려보낸 편지는 되돌아왔다. 녹주는 하루가 멀다고

남동생 태술을 통해 전해오거나 부쳐오는 편지들을 보며 부담을 느꼈다.

녹주는 친구 채옥에게 유정의 일을 하소연했다.

"그래도 만나보거라. 어떻게 생겼는지 궁금하지도 않니?"

그 대학생을 한번 만나보라는 채옥의 성화에 녹주는 유정을 불렀다. 채옥은 안방에 붙은 다락방에 숨어서 만약의 사태를 대비하며 문틈으로 지켜보았다. 녹주는 위엄을 보이기 위해 부러 보료 위에 장침을 괴고 앉았다. 방으로 들어온 유정은 훤칠한 키에 잘생긴 청년이었다. 녹주는 남동생을 대하듯 타일렀다.

"당신이 김유정이시오?"

"그렇습니다."

"보아하니 나이도 어린데 무슨 생각으로 그런 편지를 보냈소?"

얼굴이 벌겋게 달아오른 유정은 녹주를 뚫어져라 바라보았다.

"무슨 말씀입니까? 내 편지를 읽어보질 않았습니까?"

"당신은 학생이고 나는 소리하는 사람이니 쓸데없는 생각 말고, 공부나 열심히 해야지요. 그리고 연모가 대체 무슨 뜻이오?"

"사랑한다는 말입니다."

유정은 허리를 곧추세우고 앉아서 대답했다. 떨리는 마음을 다잡으려고 오기 전에 고량주 작은 병을 들고 마셨다. 산전수전 다 겪은 녹주도 거침없는 그 말에 당황한 듯 진땀이 흘렀다. 좀 더 강하게 나가야 했다. 그녀는 유정에게 하대하기로 했다.

"그래? 그럼 그런 건 좀 더 시간을 두고 생각하자. 우선 공부를 열심히 해서 성공하면 그때 내가 너를 달리 볼 테니까."

"당신이 나를 사랑해주면 공부를 더 잘할 수 있습니다."

녹주는 어이가 없는 표정으로 유정을 바라보았다. 녹주는 톡 쏘아붙였다.

"넌 도대체 처음부터 틀려먹은 아이야."

"어디가 틀려먹었는지 어디로 봐서 그렇다는 겁니까?"

유정이 정색하며 말하자 녹주는 할 말이 없었다. 당돌하기 이를 데 없는 청년이었다.

"나는 소리하는 사람인데 어린 학생과 어떻게 연애한다는 것이 말이 되는 소리냐?"

"새파란 대학생과 소리하는 여인이 사랑해선 안 된다는 법이 어디에 있습니까? 사랑에는 국경이 없습니다."

유정의 호소하는 눈빛이 반짝이자 녹주는 순간 마음이 움질거렸다. 그러나 이내 마음을 다잡고 유정에게 물었다.

"그래. 사랑한 뒤에는 어쩔 것인지 말해봐."

"결혼하는 겁니다."

"누구랑? 나랑? 하하하. 나는 이미 영감이 있는데."

"그것도 알고 있습니다. 진짜 남편도 아니지 않습니까? 저는 괜찮아요, 제가 진정으로 사랑하는 사람은 당신이니까."

"더 이상 듣기 싫다. 나를 잊어라. 훗날 네가 훌륭한 남자가 되면 나를 찾아오너라."

유정은 앉은 채로 방 안을 휘둘러보고 생각에 잠긴 듯 보였다. 그가 따지듯 물었다.

"제가 가난해서 그럽니까? 당신이 저를 사랑해준다면 나라님 수라상이라도 훔쳐다 바칠 수 있습니다."

다락방에 숨은 채옥이 치기 어린 그의 말투 때문에 웃음을 참느라고 잡은 문고리가 흔들렸다. 심각한 표정으로 유정은 벽에 걸린 녹주 사진을 쳐다보고 있었다.

"저 액자 사진을 제게 주세요."

"그건 안 된다. 그냥 가거라. 더 이상 할 말이 없다."

녹주는 쌀쌀맞게 거절했다. 유정은 사진을 주면 가겠

다고 버텼다. 사진이 귀해 약속의 증거이자 사랑의 증표나 마찬가지로 여겨지던 시절이었다.

"조선극장에서 열린 팔도 명창대회에서 처음 당신을 보고 난 이미 사랑에 빠져버렸는데 잊으란다고 그게 쉽게 되겠어요? 전 당신만 보고 따라가렵니다."

유정은 계속해서 찾아왔다.
"사랑이 무슨 죄란 말입니까? 남자가 자존심을 버리고 당신만을 위해 살아보려고 하는데 이리도 쌀쌀맞게 군단 말이오."

녹주도 자신의 태도를 고수하기는 마찬가지였다.
"나를 사랑하려거든 엄청 돈이 많거나 성공한 사람이 되어야 하는데 네가 감당할 수 있겠느냐."
"소설을 써서 돈을 벌 생각이니 기다려주세요. 아니, 내 그렇지 않아도 금광 사업에 뛰어들어 한몫을 챙길 참입니다. 당신이랑 천년만년 살려면 큰돈이 있어야 할 거 아니오?"

태술은 누이에게 생활을 맡긴 한량인데 유정이 불쌍했는지 자신의 방으로 불러서 달래주고 이야기를 들어주었다. 그러다 보니 친구가 되었다. 유정은 이제 친구를 통해 편지를 직접 전할 수 있게 된 것이다. 그렇지만 세상에 공짜가 어디 있겠는가. 집에서 겨우 보내주는 돈으로 생활하는 유정에게 태술은 누이를 미끼로 돈을 뜯어내었다. 태술도 어린 기생을 좋아하여 주머니가 늘 헐거웠다.

"녹주는 아직도 나를 손톱에 낀 때로 여기는지 답장 한번 없구나."

"사실은 내 누이도 너를 끔찍하게 생각하지만, 표시를 안 낼 뿐이야. 편지를 전해줄 때마다 가끔 너에 관해 묻곤 하지. 그런데 말이야."

태술의 목소리가 잦아들자 유정이 바투 다가가 앉았다. 태술은 때를 놓칠세라 대단한 비밀이라도 발설하듯 유정의 귀에 대고 속삭였다.

"글쎄, 너 참 답답하다. 편지질만 하질 말고 뭔가 큰 걸 선물해야지. 여자를 그리도 모르냐?"

"큰 거라니? 지금 불타는 내 마음보다 더 큰 게 어디 있어?"

"이 친구, 몰라도 한참 모르네. 빈 쭉정이를 누가 좋아한단 말인가? 자고로 여자는 비싼 선물에 약한데. 우리 누이는 금반지 선물 정도는 있어야 증표로 받아들이지 않겠니?"

"금반지. 금반지라."

유정은 잠깐 생각에 잠기더니 큰소릴 쳤다.

"아 처남. 걱정하지 말아. 내가 이번엔 하늘이 두 쪽 나도 꼭 마련할 테니까."

"이제야 말이 통하네."

유정은 집에서 부쳐준 한 달 치 생활비를 탈탈 털어 태술과 함께 금은방에 가서 쌍가락지 금반지를 샀다. 소설 쓰는 친구에게 빌린 돈으로 저고리와 치마 한 벌도 지어 함께 보냈다.

선물을 보내도 달라지는 건 없었다. 녹주는 태술을 시켜서 선물을 즉시 돌려보냈다. 굶어가며 마련한 금반지를 녹주가 받은 줄 알았던 유정은 가슴이 쓰라렸다. 유정도 성깔이 있는지라 포기할 수는 없었다. 끝까지 가보는 수밖에. 순수했던 사랑은 이제 허물을 벗고 나온 독사로 변해 녹주를 두려움에 떨게 만드는 지경까지 이르게 되었다.

태술이 유정의 연애편지를 읽으려고 매번 심부름꾼을 자처하고 나섰다. 편지를 보내도 답장이 없자 유정은 녹주의 집 앞에서 대성통곡을 하였다. 결국 유정이 마련한 그 금반지와 옷은 태술의 애인인 기생 은주 손가락에 끼워지고 입혀졌다.

유정은 학교 강의에는 도통 흥미가 거의 없고 오직 녹

주의 사랑을 얻으려는 일념뿐이었다.

유정이 늘 집 앞 골목을 서성거리니 녹주는 늘 문밖을 살폈다.

어느 날 밤, 녹주가 공연을 마친 후 인력거를 타고 집으로 돌아가는 길이었다. 비가 흩뿌리며 내리는데 검은 형체가 인력거를 향해 달려왔다.

녹주는 인력거꾼에게 소리쳤다.

"계속 달리세요!"

검은 그림자는 손에 묵직한 흉기를 들고 있는 것처럼 보였다. 녹주는 등골이 오싹했다.

인력거꾼이 빠른 속도로 달아났으나 그만 따라잡혔다. 유정은 인력거를 한 손으로 움켜잡고 소리쳤다.

"녹주. 오늘 밤은 너를 죽이지 않으마. 안심하고 내려라."

녹주는 더 이상 피할 수 없는 상황이라 판단하고 인력거에서 내렸다. 그가 몽둥이를 흔들며 다가왔다. 녹주에게 닿을 듯 얼굴을 가까이 붙이더니 귓속말로 물었다.

"당신은 혹시 내가 돈이 없는 학생이기 때문에 나를 피하는 거지?"

다짜고짜 반말이었다. 유정에게서 술 냄새가 났다. 평

소 긴장하면 말을 더듬어서 '더듬이'라는 별명을 가진 유정은 사람 눈을 마주치지 못하며 뒷걸음질 치듯 구석에서 얼굴을 붉히고 샌님처럼 말수가 적었다. 하지만 술이 들어가면 그간의 침묵을 해소하듯이 일순 돌변하였다.

"내가 그런 여자로 보이니?"

녹주가 따지며 묻자 유정이 그녀를 뚫어져라 바라보며 말했다.

"그럼, 왜 나를 멀리하느냐?"

"연애란 서로 좋아서 하는 게 아닌지 묻고 싶어. 이렇게 일방적으로 따라다니면 사랑이 이루어지나? 너는 내가 어떤 사람인지조차 잘 모르잖아."

"흥. 난 당신 때문에 대학도 때려치울 거야. 이루어질 수 없는 순정일지라도 난 그것에 내 목숨을 바칠 거야. 오늘도 당신 때문에 죽으려고 했지. 그냥 죽자니 쉽사리 죽기도 어려울뿐더러 날은 궂어 귀찮기도 하고, 그냥 살자니 당신 없는 삶이 구차하여 살기도 재미없는 그렇고 그런 날들."

유정의 말이 헛돌고 있었다.

"오늘은 많이 늦었으니 어서 집으로 돌아가. 비도 오는데 감기라도 들면 몸이 상한다."

녹주가 냉정하게 타이르자 유정은 몽둥이를 던져버리고 비칠비칠 돌아섰다.

녹주, 네가 다른 사내를 만나는 동안 그 길목에서 너를 기다리기를 여러 시간, 만일 나를 만났으면 너는 죽은 목숨이었다. 엊저녁에는 네가 천향원으로 가는 것을 보고 문 앞에서 기다렸으나 나오지를 않았다. 만일 그때 내가 너를 만났다면 나는 기필코 너를 죽였을 것이다. 그러나 좋아하지 마라. 단 며칠 너의 목숨이 연장될 따름이니까.

유정은 다시 태술의 손에 편지 들려 보냈다. 유정의 편지는 푸른 잉크가 아니라 혈서였다. 녹주가 많은 사람을 상대할수록 유정은 온갖 상상을 하며 그녀를 힐난하는 편지를 보내거나 무작정 집 주변 길목을 감시하며 서성거렸다. 그녀는 유정을 피해 원산에 있는 삼방저수지에 머물며 송만갑 선생에게 배운 창을 다듬었다. 녹주는 선생의 맺고 끊고 넘어가는 성음을 이어받아 춘향전 대가가 될 수 있었다. 녹주는 표정보다 단전에서 힘차게 솟아나는 목소리 자체로 이 도령과 춘향이 사랑하는 모습이 저절로 관객의 눈앞에 그려지도록 만들었다.

그녀가 사라진 사이에도 유정은 매일 그녀의 행방을 수소문하고 집 앞을 서성였다. 유정에게 녹주는 세상 풍파와 고난을 이기고 피어난 한 송이 백합이었다. 녹주는 주검에서 환생한 어머니였다. 그녀의 판소리를 듣던 순간 유정은 생전 어머니 목소리를 듣는 듯하였다. 그런 어머니의 환생이 자신을 거부하고 있는 것이었다. 유정은 그런 현실을 받아들일 수 없었다.

아버지 박 씨는 욕심만큼 의심도 많았다. 노인네처럼 뒷짐을 지고 오가는 꼴도 보기 싫었지만, 혹시 녹수가 돈을 빼돌리지는 않을까 전전긍긍하는 꼴이 영 밥맛이었다. 녹주에게 기생 수업을 시키며 돈을 받고 팔아넘긴 자였다. 한때 함께 도망가자던 젊은 사내에게 사랑하는 감정을 아주 짧게 가졌으나 아버지의 반대로 헤어지기도 했다. 어쩌면 사랑이 아니라 현실로부터 야반도주하고 싶은 욕망이었다. 아버지에게서 도망치듯이 원산 갑부와 혼인하였으나 첩 신세일 뿐이었다. 박 씨에게 착취당하고 사는 것도 모자라 유부남의 첩살이라니. 게다가 원산 본처에게 머리채를 잡혀 끌려다니는 수모를 겪었다. 녹주는 암울한 현실을 견딜 재간이 없었다. 게다가

철부지 아이처럼 징징거리며 끈질기게 달라붙는 유정을 생각하면 할수록 우울하였다.

원산에서 돌아온 날도 유정은 문 앞에서 기다리고 있었다. '수취 거절'로 돌아온 편지 한 묶음 들고 왔다. 얼굴은 누렇게 들떠 병색이 짙었고 두 볼은 바싹 마르고 퀭한 두 눈이 슬퍼 보였다.

"난 당신이 오길 여태 기다렸습니다. 당신에게도 인정이란 것이 있다면 밤을 새워가며 쓴 이 편지에 언젠가 답장이라도 하겠지. 기다렸지요. 당신은 거들떠보지도 않았지만, 이것이 연애가 아니고 무엇이란 말입니까?"

"이런 방법은 패악질이지. 거듭 말하지만 나는 소리하는 사람이어서 학생과 연애할 수 없어."

"그럼, 학생과 소리하는 사람이 연애하면 안 된다는 법이 어디에 있는지 알려주세요. 사랑에는 나이와 국경이 없으니 나랑 함께 도망이라도 갑시다."

"왜 이리 귀찮게 하는 거야?"

"당신 눈에 수심이 가득 고여 있고 핏기와 표정이 없는 싸늘한 얼굴 이면에 가려진 따뜻함을 난 알아요."

"난 이미 한 남자와 혼인한 몸이야."

"그건 정식 결혼이 아니니 난 상관하지 않습니다."

"어쨌건 나를 따라다니지 말아줘. 부탁이야. 난 네가

생각하는 그런 사람이 아니야. 내 우울한 삶은 이미 최악으로 망가졌어. 그나마 소리 때문에 버틴 거야."

"나는 당신과 당신의 소리를 사랑할 자유가 있습니다. 당신은 내 전부이니 우선 이 편지를 제대로 읽어주시오."

유정은 뒤도 돌아보지 않고 걸었다. 이루어질 수 없는 사랑이라는 생각이 들자 눈앞이 캄캄하였다.

이틀 후, 녹주는 수면제 아로날 반 통을 삼켰다. 그동안 소리를 하며 마련한 재산을 전부 노름으로 날려버린 아버지에 대한 원망과 남의 집 소실로 살아야 하는 신세를 한탄했다. 자살하려고 약을 먹었던 녹주가 병원 침대에서 정신이 들어 눈을 떴을 때 유정이 코앞에 앉아 있었다.

"일주일 동안 당신을 지키며 여기 있었지요. 평온하게 잠든 당신이 깨어나지 않으면 나 혼자라도 당신 장례를 치르려고 기다렸지."

녹주는 할 말이 없었다. 한편으론 고맙기도 했지만 다른 한편으로 이 어리고 세상 물정 모르는 남자에게 혹시나 깊은 상처를 주는 일이 두려웠다. 하지만 문병을 와서 장례식이라니, 기가 막혔다. 어색한 침묵이 흘렀다. 유정 자신이 술기운에 기댈 때와 아닐 때가 다르듯 유정이 머릿속 상상으로 가꾸어놓은 사랑스러운 그녀와 현실의 냉랭한 녹주는 너무도 달랐다.

"할 말은 많지만, 못다 한 말은 편지로 쓰겠소."

녹주는 이런 가망 없는 남자에게 줄 시간과 마음의 여유가 없었다.

"고마워. 하지만 이제 여기까지. 더 이상 나를 쫓아다니거나 사랑을 고백하지 말아줘. 나에 대한 마음이 진실이라면 그 마음으로 글을 써보는 건 어떨까?"

유정은 절박한 심정으로 똑바로 말했다.

"마지막 부탁이니 들어주시오. 조실부모하고 눈칫밥을 먹고 자란 내가 이상하지요. 밥을 먹으려고 형이라는 사람의 무지막지한 매를 온몸으로 견딘 어린 일꾼으로 살았으니까. 하지만 당신을 만나서 사랑을 느꼈어요. 미완성의 행복을 이 병든 가슴에 품었지요. 그것은 이 세상에서 내가 얻은 큰 기쁨이었으니 그리 아시오. 하늘이 무너져도 난 당신을 기억할 거예요."

녹주는 소리 없이 우는 유정을 가볍게 안고 등을 두드렸다.

유정은 결국 학교를 그만두고 고향인 춘천 실례마을로 내려갔다. 야학에서 아이들을 무상으로 가르치면서 소설 쓰는 일에 몰두했다. 그러면서도 녹주에 대한 마음만은 놓지 않았다. 유정은 녹주에게 닿지 않는 마음을 홀로 감당하기 힘든 날이면 이상에게 갔다. 유정은 구인회의 회원인 이상과 각별했다. 나이는 유정이 두 살 위였지만 이상은 자신과 달리 직설적인 성격의 유정을 좋아했다.

"김 형. 도대체 어떤 여자길래 몸을 추스르지 못하고 이리도 수척하게 만들었나. 내가 한 번 만나볼까. 얼마나 고고한 여자인데 감히 천하의 김유정을 거절하다니. 이게 말이 됩니까."

이상이 말하자 유정이 대답했다.

"나의 마돈나야. 매몰찬 게 또한 매력이지. 내 인생의 전부다."

"잊어버리고 술이나 마십시다. 사랑이니 행복이니 이딴 것들은 애초부터 가식이라고 생각하시고. 어찌 보면 딸 같기도 하고 어찌 보면 첩 같기도 한 불쌍한 녹주는 그만 잊으시고."

"알았어. 그렇게 말이야. 잊어야지. 잊으려고 수천 번 다짐해도 눈 감으면 고것이 눈꺼풀에 어른거리고 눈을 뜨면 문밖에 와있을지 모른다는 생각이 드는걸. 어찌하나. 한 줌도 안 되는 고것이 대체 뭐란 말인가."

"김 형. 상사병에 내상이 깊으시군. 혼자만 애태우질 말고 한번 대차게 들이대 보시지. 죽기 살기로 덤비면 안 넘어올까? 도끼질이 열 번뿐이겠소."

이상이 말하자 유정이 눈에 불을 뿜었다.

"죽기 살기라…."

"실패하면 내가 대신 울어주리다."

실레마을에서 밤새 글을 쓴 유정은 아침에 완행버스를 타고 서울로 원고를 전하러 왔다. 원고료를 받아서 겨우 생존할 정도로 먹고사는 일이 궁핍했다. 여름에는 그럭저럭 견딜 만했지만, 겨울에는 땔감과 식량을 구할 수가 없어서 추운 방에서 굶주리고 몸을 떨어야 했다. 늑막염을 앓고 난 몸은 가뜩이나 영양실조로 수척해지고 설상가상으로 폐결핵까지 걸렸다. 갈비뼈가 드러난 앙상한 가슴이 기침하면 종이처럼 펄럭거렸다. 피가 묻은 원고를 전하고 고료를 챙긴 날이면 유정은 녹주의 집 앞에서 서성거렸다. 은주가 문을 조금 열고 빼꼼 고개를 내밀자 얼굴이 창백한 사내가 서 있었다.

은주는 병색이 짙은 유정을 보자 혀를 끌끌 찼다.

"아니, 싫다는 사람을 그리 쫓아다니면 무슨 뾰족한 수가 생겨요? 차라리 나를 쫓아다녔으면 순애보가 되고도 남을 텐데. 우리 선생님이 잠깐 들어오시래요."

녹주는 유정을 대면하였다. 오늘이 정말 마지막이라고 따끔하게 언질을 줄 참이었다. 유정은 말없이 한동안 서 있었다. 유정을 바라보며 녹주는 천천히 말했다.

"남 말하기 좋아하는 사람들은 내가 기생이어서 이런 일을 겪은 거라고 수군거리는데 그 작자들은 평소에 무슨 생각을 하며 사는 걸까? 내가 판소리를 하고 춤을 추는 기생이라는 직업이 잘못인가? 예인이어서 나는 이런 일을 당해도 되는 사람인가? 나는 내가 좋아하는 사람을 사랑할 선택의 자유가 있고 누구도 내 직업으로 내가 어떤 사람인지 판단할 수 없어. 소리는 나의 힘이야. 온전히 나의 것이지. 사내들 것이 아니야. 그러니까 언제 죽을지도 모르는 인생, 남 눈치 보지 말고 피를 토하듯 소리를 내지르며 살 거야. 그러니 이제는 날 괴롭히지 말아줘."

"내가 당신을 죽도록 사랑하는데 대체 무엇이 문제란 말이오?"

"문제는 없지만, 현재라는 시간은 있어. 잘 생각해 봐. 정말 네가 날 감당할 수 있겠니? 명창 소릴 듣는 나를 평생 풍족하게 뒷바라지하며 살 수 있는지 잘 생각해 봐."

"녹주 당신은 내게 가장 아름다운 현재이자 순간이오.

죽는 날까지 당신의 그림자라도 사랑하겠소."

"허상을 좇는 소리는 그만해. 난 남자라면 신물이 넘어오는 사람이지."

"아름다운 순간은 곧 사라질 것이오. 당신이 언제까지 푸르고 젊은 줄 아시오?"

화가 난 녹주는 유정에게 단호하게 말했다.

"유정. 넌 내가 어떤 사람인지 정말 모르는구나. 철없는 너의 사랑 타령을 받아줄 수도 없거니와 난 너와 노닥거릴 시간이 없으니 가라. 이제 나를 찾지 마. 독이 든 사랑은 싫어."

절망에 빠진 유정이 문을 나서는데 은주가 뒤따라붙는다.

"사내들이란 치마만 둘러도 돌아다보고 침을 흘리는 고약한 습성이 있지만 선생님은 뭔가 다르네요. 난 시간이 많으니 애먼 사람한테 힘 빼지 말고 내게 기별이나 주세요."

유정이 뒤도 안 돌아보고 냅다 큰길로 걸어간다.

"머리에 피나 말리고 와라. 어디 우리 선생님 발톱 아래라도 성이나 찰까."

은주가 멀어져가는 유정 등 뒤에 들으라고 소릴 질렀다.

유정은 자신의 신춘문예 당선을 축하하는 자리에서 이상을 만났다. 서로 곤궁한 처지이고 실연의 상처를 빌미로 붙어 다니며 누가 먼저라 할 것도 없이 폐결핵에 걸려있었다. 피가래를 뱉어내는 폐병 동기가 된 것이다. 이상은 유정이 온다는 소식을 듣고 술집 모로코에서 기다렸다.

"김 형, 얼른 오세요. 여기 형을 좋아하는 빠걸이 기다립니다. 그 녹주라는 여자는 그만 잊어버리고."

"나 같은 놈을 좋아해봤자 난 그리 오래 못 갈 거요. 왜? 난 한 놈만 패니까. 한 여자만 사랑하니까."

담배에 불을 붙이고 들숨을 길게 마신 이상이 유정에게 말했다.

"김 형, 나는 사랑을 믿지 못하는 정신질환자입니다. 내가 사랑한 모든 여자는 언제나 다른 남자 품으로 떠났지요. 게으른 내가 붙잡질 않고 오히려 호기롭게 갈 테면 가라고 부채질했지요. 가끔 내가 그녀를 진정으로 사랑한 것일까 생각합니다. 서로 간직한 비밀처럼 그녀와 나는 서로 속이고 속아주는 관계지요. 단지 나는 사치스럽고 간지러운 애정을 원하지 않을 뿐입니다. 나는 이 암울하고 지겨운 세상에 지쳐서 늘 피곤하고 잠이 부족하지요. 형은 지치지도 않고 그 여자를 아직도 잊지 못하는 거요? 그런 형의 열정이 존경스럽소."

"나도 이제 사랑을 믿지 못하는 불신 지옥에나 가고 싶기도 하다 마는 모성이 결핍된 내 메마르고 갈라진 가슴이 물을 찾듯이 그녀를 찾는구나."

"이크, 뜨거워라. 지금 형 가슴에는 용광로가 끓고 있네. 자, 차가운 맥주나 드시면서 열기를 식힙시다."

"난 소주나 마실 테야. 독주를 마시고 가서 그녀에게 따질 테야."

"정양. 여기 형이 외롭단다. 형이랑 결혼해서 형 좀 돌봐줘라. 아님. 나랑 하던지."

빠걸이 이상의 농담을 받아주었다.

"아, 이 선생님 도망간 아내가 돌아오면 어쩌려고?"

이상은 걱정스러운 눈길로 유정을 바라보았다. 이상은 자신과 마찬가지로 수척해진 유정의 몸 상태가 걱정이었다. 이상과 유정은 폐병을 앓고 있는데도 술을 계속 마셨다.

"오르지 못할 나무가 어디 있냐. 악착같이 오를 것이다. 오르지 못한다면 뿌리를 뽑을 것이다."

유정은 술잔을 채우기 무섭게 마셔버렸다. 채우기가 무섭게 비워버렸고 안주도 먹질 않았다. 이상이 유정의 잔에 있는 술을 반쯤 뺏어 마셨다.

유정이 술에 취해 고래고래 악을 썼다. 그러다 제풀에 지쳐 노래를 불렀다. '강원도 아리랑'을 구수하게 불러댄다. 그러다 말싸움이나 시비가 붙으면 웃통을 벗어젖힌다. 병고에 시달린 깡마른 상체를 드러내고 한바탕 쇼하고 정신이 들면 먹은 술을 토한다. 유정과 이상, 둘은 어깨동무하고 서로를 부축하고 동병상련 어쩌고 하면서 인사동 밤길로 걸어갔다. 척척 번갈아 무릎이 꺾이면서 어두운 골목 깊숙이 숨은 술집으로 걸어 들어갔다.

 생강나무에서 노란 동백꽃이 피는 봄이었다. 녹주는 유정을 마지막으로 만났다. 이상은 수화정에 사는 녹주에게 유정의 안부를 전해주고 한번 만나달라는 연락을 해주었다. 이상은 유정을 주인공으로 한 짧은 소설을 써서 발표했다. 소설 속 유정은 건강하고 활동적인 청년이었으나, 현실의 유정은 폐병으로 갈빗대가 앙상하게 드러난 채였다. 죽은 사람 소원도 들어주는데 유정의 마지막 만남이라는 요청을 거절할 용기가 녹주에게는 없었다. 녹주도 유정의 편지가 더 이상 날아오지 않자 궁금하던 참이었다. 어느 날 집 앞에 초췌한 몰골로 유정이 불쑥 나타났다. 녹주가 놀라서 한걸음 뒤로 물러서자 유정이 웃으며 말했다.

"나를 보면 아직도 겁이 나십니까."

"겁은 없지만, 영감하고 사는 집이라서."

"걱정일랑 붙들어 매시길. 영감과 헤어지면 나하고 살면 되지요."

"몹쓸 사람이네. 이제 맘을 돌릴 때가 되었는데."

"이미 난 모든 걸 내려놓았지만 마음만은 변치 않을 거예요."

"정말로 안 변해?"

"죽어도."

"…"

"갈 거예요. 때가 되면 누구든 가지요. 말 한마디 듣고 싶습니다. 이제까지 저를 조금이라도 사랑하는 마음이 없는 겁니까?"

녹주는 병색이 짙은 유정을 보자 측은한 마음이 들었다. 윤곽이 선명해진 얼굴과 튀어나온 광대뼈 위로 콧날이 도드라져 보였다. 타오르는 눈빛은 그녀를 뚫어져라 바라보았다. 녹주는 유정을 달래며 말했다.

"영감이 노환으로 살날이 얼마 안 남았어. 영감이 떠나면 그때 너와 살고 싶다. 진심이야."

"그날이 언제쯤 올까요?"

유정의 두 눈에 불길이 이글거렸다.

"그걸 내가 어찌 알겠니. 자, 이제 가거라."

유정은 마지못해 발길을 돌렸다. 고개를 숙인 채 좁은 골목으로 걸어가던 유정은 돌아서서 녹주를 보았다. 녹주와 유정은 하염없이 서로를 바라보았다. 녹주는 그에게 달려가 안기고픈 충동을 목구멍으로 올라오는 소리덩어리와 함께 이를 악물고 삼켰다. 그리고 작별의 손을 흔들었다. 막다른 세상 끝을 향해 유정은 떠났다.

이상이 일본으로 떠나기 전 정릉 암자에서 요양 중인 유정을 찾아왔다. 이상이 물었다.

"김 형, 요즘 각혈은 어떠신가요?"

"이만저만 하지요. 상은 어떠신가?"

"핏덩이가 솟구치면 삼킵니다. 자유를 찾으러 이 땅을 떠야겠어요. 동경에 갔다가 파리로 갔으면 합니다."

"그러지 말고 여기서 나와 함께 요양하며 지냅시다."

"절망에 빠진 서울의 불온한 공기가 싫어요. 김 형만 좋다면 당장 함께 거사를 치릅시다."

"거사라니?"

유정이 묻자 이상이 목에 손날을 그며 말했다.

"함께 이 별을 떠납시다."

"난 못 갑니다."

"녹주 때문입니까?"

"난 써야 할 소설이 산더미처럼 쌓여있으니 죽지 못해 살지요. 그녀에 관한 못다 한 이야기를 장편으로 쓰고 있어서."

"아이고 참 질기시네. 잊어버려요."

유정이 떠나고 시간은 흘러갔다. 시간이 흐른다고 사랑의 기억이 쉽게 잊힐까마는.

돈이나 한 줌 권력만 있으면 사랑을 얻을 수 있다고 생각하는 남자들에게 정나미가 떨어진 녹주는 영감이 세상을 뜨자 판소리에만 전념했다. 폐결핵으로 유정이 죽었다는 소식을 들은 그녀는 유정이 감내해야 했던 처절한 생을 잠깐 생각했다. 한 사람만을 죽도록 사랑할 수 있는지 모두 이해할 수 없지만 홀로 가만히 시간을 죽이며 지내니 슬프고 외로운 소리 덩어리가 심연에서 솟아올랐다. 녹주는 그동안 삼킨 소리를 호방하고 시원하게 내지른다.

손이라도 한 번 더 잡아줄걸
이것이 다 임자 때문에 생긴 병이로다

마음이 갈가리 찢어질 듯 아프구나
강물에 배 지나가듯 그놈의 사랑
한 번 해줄 것을 후회막급일세
에헤어여 어야디야 내 사랑아 에헤더야

'긴난봉가'를 부르는 녹주의 목소리는 애절하기만 하다. 그녀 목소리는 화통하고 목으로 부르는 막자치기 통성이었다. 많은 기교를 부리지 않지만, 잔가락 없이 은은하고 그윽한 향기를 뿜어내는 소리였다. 산다는 게 어차피 큰길, 좁다란 길, 구부러진 길과 험난한 길을 닥치는 대로 가야 하는 것이 아닌가, 득음의 경지를 내지른다.

에고, 돌아보니 일장춘몽이었다. 녹주의 구슬픈 울음소리가 섞인 넋두리는 달빛 어린 창문을 넘어 밤하늘에 스며들었다. 생을 판소리에 바쳤다. 그래도 녹주는 자신이 유정의 장래를 망치는 일만은 없어서 좋았다고 생각했다. 어둡고 컴컴한 밤에 달이 뜨는 건 당연한 일이지만, 사람 마음에 달이 떠서 누군가를 사랑하는 일은 진정 아름다운 일이었던가. 유정의 영혼이 보름달이 되어 혈혈단신 녹주가 사는 달동네 단칸방 창문을 내려다보고 있었다. 녹주는 백발가를 부르며 지나간 세월을 더듬었다.

(2024년 《한국소설》 8월호)

판라꾸

그 인간 망종이 변했다고요? 과거 일을 부끄럽게 생각한다고요? 피해를 본 사람들에게 사과하고 용서를 빈다고 상처가 치유될까요? 궁지에 몰리자 마지못해 시인한 걸 두고 사람이 변했다고 그럽디다. 글쎄 하늘이 두 쪽 나도 그런 사람은 타고난 근성이 돌변하지 않는다고 믿습니다.

 힘센 자의 코스프레를 아는가요. 판라꾸 씨는 힘이 세지요. 판라꾸 씨는 힘이 세고 뒤가 든든하기에 가끔 자신에겐 푼돈에 불과한 기부금도 내고 생색을 냅니다. 사진발이 좋으면 더욱 좋지요. 사회면 하단에 기부금을 쾌척한 명단에 자신의 이름이라도 나오면 그저 유쾌하게 웃어줄 뿐. 어디 그뿐인가. 연말이면 노인회나 노인정에 과일 상자도 돌리고 회식비도 가끔 내기도 하지요. 판라꾸 씨는 계산이 빨라. 간혹 자신보다 힘센 자가 오면 손바닥을 비비며 연신 허리를 굽히지. 담당 공무원이 내려오기 전에 미리 뇌물을 써서 기세를 누그러뜨리는 데는 선수지요. 아직도 뇌물이나 약발이 통하냐고? 이 양반, 안 되겠구먼. 돈이라면 죽은 놈도 벌떡 일어나는 세상인데. 젊은 기자 양반, 내 얘길 들어보세요.

 독재가 군림하는 시절, 대다수 언론은 자본과 권력 앞에 비굴하게 엎드리더라고. 이 세상에 돈보다 더 무서운 게 있을까요. 힘도 없고 돈이 없으면 죽기밖에 더하겠는가 말입니다. 하기야 요즘엔 돈이나 권력보다 무서운 설법이 설치고 있지만요.

 오리발을 내밀던 판라꾸 씨가 결국 치매에 걸렸다지요. 분명 거짓말일 겁니다. 구십 가까운 나이에 골프를 치고 돌아다녔으니까. 지금까지 그는 거짓말을 밥 먹듯이 했지요. 아랫물이 맑아야 더러운 윗물을 깨끗하게 만든다는 억지를 부렸지요. 예를 들자면, 목소리 큰 자가 늘 이긴다거나 달걀로 깨진 바위 가져와 보라든지. 말싸움에서 지기 싫어하는 사람인 판라꾸 씨는 털어서 먼지 한 점 안 나오는 사람 있으면 나와보라고 했었어요.

 벌건 대낮에 경찰과 군인이 몽둥이로 시민을 족치면 선뜻 나설 사람이 누가 있겠소. 사람이 죽을 때가 되면 눈곱만치라도 후회하게 마련인데 고문의 달인인 그자는 어찌 죽음을 맞을까요. 일요일이면 퐈라꾸 씨는 성경책을 가슴에 안고 교회를 다녔지요. 누가 가여운 여인에게 돌을 던질 수 있단 말인가 하면서. 베드로를 존경한다는 그자는, 죽는 순간까지 살아온 흔적을 지우려고 아무것도 모른다고 부인해야 하는 운명을 타고난 모양이지요. 오래전 일이라 기억이 나질 않는다고 치매 코스프레를 합디다. 여러 사람을 망가뜨린 과거를 인정하고 사과하는 순간, 일생 쌓아둔 공든 탑이 무너지는 걸까요. 그는 전혀 변하지 않았어요.

 아무도 관심이 없는 내 아버지 이야기를 인제 와서 물어보니 내가 아는 모든 내막을 알려주겠소.
 그날 처음 나는 그를 무작정 찾아가기로 했지요. 아버지가 신문을 보다가 갑자기 소릴 질렀기 때문이었습니다.
 "이놈이다! 이놈이 살아있어."
 어버이날 기부자 명단에 퐈라꾸 이름과 나이가 적힌 기사가 실린 것이었지요. 사방으로 수소문해서 그가 사는 주소를 알아냈습니다. 나는 날을 잡아 퐈라꾸 씨가 사는 담장 높은 골목 입구에서 그를 기다렸어요. 가랑비는 내리는데 거리는 어두웠고 습기에 젖어 있었어요. 어디선가 썩은 고기 냄새가 코를 찔렀지요. 외투 깃을 세운 나는 싸늘한 봄바람이 부는 골목 들머리를 바라보았습니다. 이따금 방범용 전등이 지직거리는 소리를 내며 깜박거렸죠. 판라꾸 씨를 기다리는 2시간 동안, 시선을 골목 끝 양옥 문 앞에 고정하고 있었는데 그는 나타나질 않았지요. 쥐새끼 한 마리도 얼씬거리지 않는 고요함이라니. 판라꾸 씨 저택을 전기 철조망이 설치된 높은 담벼락이 철옹성처럼 감싸고 있었지요.

내 아버지를 고문한 판라꾸 씨가 맞는지 물어보고 싶었지요. 그가 고문 사실을 인정하고 내 아버지에게 미안하다는 한마디 말을 하기를 바랐지요. 눈물을 흘리며 사죄하는 그를 보려고 간 건 아니었어요. 나는, 외나무다리에서 원수를 만나더라도 용서할 마음의 준비를 했으니까요. 가난하게 자랐지만 단 한 번도 가난을 원망한 적이 없고요. 다른 사람 도움 없이 고학으로 대학을 졸업했어요. 고문 후유증으로 장애인이 된 아버지를 모셨지만 단 한 시도 아버지를 원망한 적이 없습니다.

실상 눈물을 뿌린 사람은 나였어요. 대문이 열리고 그가 나타난 순간 나는 몸을 흔들며 다가갔습니다. 너무 오랫동안 쪼그려 앉아 있었더니 다리에 쥐가 났어요. 우산을 든 그는 경호원이 운전하는 승용차를 기다리고 있었죠. 나는 빠르게 다가가며 소리쳤습니다.

"판라꾸! 판라꾸 씨죠?"

나를 내려다보는 그 무표정한 얼굴이 약간 찌푸리는가 싶더니 가라앉은 목소리로 내게 말했지요.

"사람을 잘못 보았군. 그는 죽었소."

경호원이 나를 밀치는데 갑자기 눈물이 나더군요. 쓰레기 같은 놈. 목구멍에서 뜨거운 불덩이가 치밀어올랐습니다.

"당신 고문 귀신 맞지?"

"고문귀가 뭐요? 처음 듣는 말이네."

어렵게 대면한 판라꾸 씨는 버럭 화를 냈어요. 내 아버지는 일제 강점기 그에게 고문당해 다리가 부러졌어요. 아버지는 못쓰게 된 왼쪽 다리를 절뚝이며 때론 병원 중환자실에 누워계시거나 평생 약방을 제집처럼 드나들었죠. 이 세상에는 억울하게 당하는 자들이 너무 많아요. 공정이니 정의를 입버릇처럼 말하는 자들이 만든 그들만의 세상에서, 우리는 눈치만 보며 살아야 하나요.

가끔 주변에 나누는 판라꾸 씨의 선행을 칭찬하러 간 거는 물론 아니었지요. 사실 그가 저지른 과거의 악행을 따지러 간 것은 아니었어요. 당신 때문에 삶이 망가지고 나락에 빠져 우는 사람들에게 속죄하라고 간 거는 더욱 아니고요. 아버지가 지난 세월 흘린 피눈물을 보상하라는 것도 아니었어요. 나는 아버지를 인정해 달라고 간 겁니다. 아버지가 독립운동가였다는 사실을 증언할 증인과 기록이 모두 사라져버렸기에, 판라꾸에게 따지러 간 거였어요. 나는 그가 감정이 있는 사람이기를 바랐지요. 사람의 탈을 쓴 짐승이 아니기를 바랐었지요. 애초에 잘못 생각했었지만.

"매번 사죄하라고 하는데 구체적으로 무엇을 사죄하라는 것인가. 사실이 아닌데 어떻게 사과하란 말인가."

"당신이 과거를 숨기고 지금 떵떵거리고 살고 있지 않은가요. 당신이 저지른 고문 후유증 때문에 내 아버지는 평생 누워 계십니다."

"그 시절엔 다들 그렇게 살았다니까. 나는 모르는 일이요."

"역사와 민족 앞에 부끄럽지 않습니까?"

"어서 꺼져. 경찰 부르기 전에."

경호원이 날 가로막으며 내뱉은 경찰 소리에 나는 물러났어요.

"요즘 툭하면 역사와 민족을 들먹이는 놈들이 많아졌어. 그 시절 겪어봤는가 말이야. 제대로 알지도 못하면서. 오래 살다 보니 별 미친놈을 다 보았네. 허 내 참."

살집 좋은 노인 판라꾸 씨는 경호원의 부축을 받으며 차에 오르면서 나를 힐끗 보며 비웃었지요. 금이빨이 번뜩이더군요. 금이빨을 보니 살의가 느껴지더군요.

아버지는 해방을 두 해 앞두고 경찰서에 끌려갔대요. 일제 말기 부산에서 일제의 침략 전쟁 반대를 목적으로 '친우회'라는 비밀 결사가 조직되었죠. 아버지가 가담한 친우회는 일제의 군사 시설, 군수 공장 파괴와 군자금 모집 등을 추진하였지요. 일제의 침탈 상황을 만방에 알리고 조선 독립의 당위성을 주장하는 전단을 제작해 살포하는 활동을 전개하였죠. 그러던 어느 날 형사 판라꾸는 친우회에서 활동하던 아버지와 동지들을 체포해 고문합니다. 조선인 출신 경남 도경 고등과 외사 주임인 판라꾸는 독립운동가를 체포해서 무자비한 고문을 하는 자로 악명이 높았지요. 그자는 부산과 시모노세키를 오가는 관부연락선을 타고 들어오는 독립운동가나 사상범을 매의 눈초리로 찾아내는데 선수였어요.

"저 새끼를 잡아라."

공단이 밀집한 거리에서 친구들과 전단을 나눠주고 있는데 형사들이 덮쳤지요. 그 형사들을 이끌고 온 자가 판라꾸였어요. 검은 도리구찌 모자를 깊게 눌러쓴 검은 얼굴에서 비웃음이 섞인 목소리가 흘러나왔어요. 그가 아버지 귀를 비틀고 끌어당긴 채로 말했죠.

"이런 쥐새끼 같은 놈아. 오늘부터 지옥으로 가서 살이 찢기고 흐르는 피 맛 좀 봐야지."

피에 굶주린 고문 귀신이라는 별명이 그때 생겼다고 합니다. 잔혹한 고문으로 유명한 노덕술은 일반 사법 경찰이지만, 판라꾸는 한술 더 뜨는 특수 고등경찰이었어요. 조방에 다니던 아버지와 친구들이 끌려갈 적 나이가 겨우 열일곱이었지요. 조방은 매콤한 '조방낙지'를 떠올릴 때 그 조선방직이죠. 조선방직은 식민지 노동 약탈의 상징이며 당시 국내 최대 기업이었어요. 일제는 조선에서 거둔 면화를 헐값에 사들였죠. 열악한 공장에서 일하는 값싼 노동력을 이용해 거대한 이윤을 거두는 제국의 회사였습니다. 하루 열두 시간이 넘는 노동과 낮은 임금으로 인해 파업 투쟁이 자주 일어났지요. 압제에 저항하는 노동자들의 피와 살이 튀는 전쟁터였어요.

아버지의 증언에 의하면.

뼈를 부러뜨리고 흘린 피 맛을 즐기는 고등 경찰에게 끌려온 첫날부터 며칠 동안 아버지와 친구들은 다짜고짜 몽둥이로 무자비하게 맞았다. 친구가 고문받으며 내지르는 비명을 옆방에서 듣는 일도 괴로웠다. 기다리는 동안 아버지도 이제 곧 다가올 공포심에 저절로 몸이 떨렸다. 맞아서 까무러치기를 몇 번. 겨우 눈을 뜬 아버지는 각종 고문 도구가 걸려있는 고문실로 질질 끌려갔다. 입술이 터지고 코에서 검은 피가 흐를 때까지 전기 고문을 여러 차례 당했다. 처음부터 아버지는 악다구니로 버텼다.

"이 새끼 봐라. 제법 강단이 있네. 얼마나 잘 버티는지 한번 해보자는 거지. 입맛 당기게 만드는 개새끼네."

판라꾸는 아버지 넓적다리에 주리를 틀며 말했다.

"난 이름을 두 번이나 바꿨다. 나도 네 나이에 만세 운동하다 붙들린 적이 있지. 그때 순사에게 맞으면서 깨달았다. 억울하면 출세하자. 출세한 신민의 제일 덕목은 천황폐하와 제국에 충성하는 일이라고. 조선인이 흘린 피와 땀이 거름이 돼서 제국의 대동아 나무가 무성하게 자라는 것을 모르는가. 희망이 없는 조선은 이제 끝났다."

고문을 당하면서 아버지는 목에 핏대를 세우고 대들었다.

"당신은 조선인이면서 어찌 같은 동족을 이리도 심하고 모질게 다루는 것이오?"

"이 대가리에 피도 안 마른 조선놈 새끼가 아직 정신을 못 차렸군. 너처럼 사상적으로 불순한 놈들은 제국의 미래를 위해 없어져야 할 개나 돼지들이란 말이다. 너 마르크스 레닌 연맹원 맞지? 친우회는 그 연맹 하부조직이지?"

"난 사회주의자가 아니오. 일제의 수탈을 알리고 내 조국의 독립을 위해 전단을 살포했을 뿐입니다."

"지금 내게 설교하려는 것이냐? 허 내 참, 어리다고 봐줬더니 안 되겠군. 발가벗겨서 매달고 다시 처음부터 몽둥이찜질과 물맛 좀 보여줘라."

판라꾸는 형사들에게 지시를 내렸다. 거꾸로 매달려 머리를 아래로 젖혀진 채 매질을 당했다. 아버지는 여러 차례 반복되는 구타에 이를 악물고 몸서리치다 기절했다. 정신을 차리면 바로 옆방에서 전기 고문에 치를 떨며 내지르는 친구들 비명이 귀를 찢었다. 기절하면 찬물을 뒤집어쓰고 깨어났다. 칠성판에 손발이 묶인 아버지 얼굴에 젖은 수건을 덮고 주전자로 고춧가루 섞인 물을 코와 입에 부었다. 머리를 들고 물줄기를 피하자, 가슴과 목을 구둣발로 누르고 머리채를 잡고 물을 부었다. 기절. 회생. 반복. 다시 기절. 회생… 반복을 이어갔다.

아버지는 미경이라는 친구를 따라 친우회에 들어갔다.

미경을 짝사랑했지만, 그녀는 이미 다른 남자와 사귀는 중이었다. 미경은 사상적으로 투철한 투사였다. 몸은 비록 가냘프고 여리지만, 정신이 강철처럼 단단한 그녀 곁에 있는 것만으로도 좋았다.

"난 정말 모르는 일이란 말이야."

아버지는 악을 썼다. 그녀를 위해서라도 이를 악물고 버텨야 했다.

"이 조센징 개새끼 맷집이 좋네. 이리 처맞고도 안 뒈지는 걸 보니. 안 되겠다. 그년을 이리 데려와."

형사가 초주검이 된 미경을 질질 끌고 와서 의자에 앉히고 밧줄로 묶었다. 판라꾸는 그동안 연구한 고문을 미경에게 시험했다. 숯불에 달군 쇠젓가락으로 얼굴과 온몸을 지졌다. 웃옷을 벗기고 가슴을 지지다가 옆방으로 데려가서 성고문해도 미경은 버텼다.

"이 악독한 년. 저놈이 너를 좋아한다지. 어디 한번 누가 이기나 보자."

바지를 올린 판라꾸는 미경을 다시 아버지 곁으로 끌고 왔다. 아버지가 가장 고통스러워하는 주리틀기를 했다. 아버지 비명을 뒤로 하고 놈은 피가 담긴 커다란 주사기를 들고 왔다. 극도의 공포감을 주기 위해 판라꾸가 개발한 이른바 '착혈 고문'이었다. 놈은 미경의 얼굴에 피를 뿌렸다. 그리고 미경의 가느다란 팔의 혈관에 굵은 바늘을 꽂고 피를 여러 주사기에 가득 뽑았다. 미경은 온몸을 부들부들 떨며 하얗게 질린 얼굴로 게거품을 물었다. 판라꾸는 의식을 잃지 못하게 찬물을 얼굴에 뿌렸다. 자기 몸에서 계속 빠져나가는 피를 보고 아버지의 절규를 듣는 미경은 무너지기 시작했다. 판라꾸는 번들거리는 얼굴로 미경과 아버지를 번갈아 내려다보며 말했다.

"젊은 년 피가 몸에 좋지. 보약이야 보약!"

소릴 지르는 아버지 입에 주사기에 담긴 피를 쏘고 난 판라꾸는 자신의 혀에 몇 방울 떨어뜨려 맛을 보았다. 그러다 고문실 벽과 천장과 바닥에 물총처럼 주사기를 쏘며 피를 뿌렸다. 피 맛에 환장한 흡혈귀였다. 눈이 뒤집히도록 피를 다 뽑힌 미경은 감옥에서 숨을 거두었다. 끌려온 친구들도 무지막지한 고문을 이기지 못하고 옥사하였다.

"이거 죄수들이 너무 쉽게 죽어 나자빠지네. 파리 목숨처럼 너무 쉽게 보내면 재미없잖아."

고문 동업자인 부하 직원에게 불만을 토로하던 판라꾸는 한동안 좀 더 세밀하게 고통을 주는 방법을 썼다. 판라꾸는 뜨개질할 때 쓰는 대나무 바늘 한 바구니를 가져왔다. 아버지 손발을 묶고 끝을 날카롭게 다듬은 바늘을 엄지발톱 아래 밀어 넣었다. 휘저어 빼내고 다시 쑤셔 넣었다. 바늘이 부러지면 뭉툭한 바늘을 그대로 사용했다. 발톱들이 차례로 너덜거리자 이번엔 쇠집게를 들고 하나씩 뽑았다. 피범벅이 된 발톱이 안 보이자 판라꾸는 아버지의 여윈 손을 바라보며 비웃었다. 판라꾸에게 손톱마저 뽑혔다.

"엄마, 살려주세요."

아버지는 계속 주리를 트는 고문에 울부짖다가 결국 넓적다리뼈가 부러졌다. 부인하면 부러진 뼈를 또 꺾는 고문을 받을 수 있겠다는 생각에 아버지는 결국 판라꾸가 써준 모든 허위 사실을 인정하고 주범이 되었다.

여기까지 내게 아버지가 들려준 이야기를 사실 그대로 전합니다. 눈물을 보여서 미안합니다. 판라꾸는 피해자가 숨이 끊어지기 직전까지 목이 갈라지며 내지르는 처절한 고통의 비명을 즐기는 악마였습니다.

아버지는 고문으로 부러진 다리 통증으로 인해 잠 못 자는 건 기본이고요. 스스로 무슨 이야기를 했는지도 몰랐을 겁니다. 아버지가 각본대로 진술했지요. 판라꾸가 재차 확인해보고 사실과 다르면 다시 고문하고 그러길 반복했어요. 잡혀간 그 옷은 그대로 조사 끝날 때까지 입고 있었지요. 열일곱 살 어린 청년들을 잡아다 왜 그리 가혹한 형벌을 가한 것인가, 판라꾸에게 묻고 싶습니다.

그뿐인가요. 신사 참배를 거부하던 진주교회 목사를 잡아다 고문하였고 일왕 숭배를 거부한 장로의 다리를 부러뜨려 불구로 만든 자도 판라꾸였지요. 우상 숭배를 거부하라는 하나님 말씀을 몸소 실천한 교회를 습격하라고 밀고한 자 또한 판라꾸의 친구인 목사였어요. 그 친일 목사는 나중에 학교 재단을 여러 개 설립하여 교육 사업가로 변신하고 기독학교 연합회장이 되었더군요.

열 달간 지하 감방의 생지옥이 끝나자 고문으로 만신창이 불구가 된 아버지는 일제의 치안 유지법 위반 3년형을 선고받고 김천 소년형무소에서 해방을 맞았습니다. 풀려난 아버지는 부산 달동네 쪽방에서 숨어 살았어요. 아버지의 일상생활은 엉망이 되었어요. 화장실 갈 때조차 늘 주변을 살피는 피해망상증과 남자를 보면 놀라서 숨이 멈추는 대인공포증에 시달렸지요. 누군가 '경찰서'라고 말하거나 '형사' 어쩌고 하면 가슴부터 쿵쾅거리면서 손이 떨려서 식음을 전폐하곤 했지요.

출소 후 몇 달이 지나자 낮에는 골방에 누워 병치레하다가 저녁 무렵엔 부러진 뼈가 어긋난 다리를 끌며 산동네에서 내려올 수 있었습니다. 이웃에서 불쌍하다고 돌봐주는 일도 하루 이틀이고요. 허구한 날 손을 벌릴 수 없는 노릇이지요. 제대로 걷지를 못하고 굶주렸으니 어찌합니까. 젊은 나이에 비렁뱅이가 되어 길거리에 엎드려 구걸하며 연명했습니다. 어디에 하소연할 데가 없고 차마 불구가 된 몸으로 부모님께 찾아갈 수도 없었을 거예요.

판라꾸는 해방이 오자 재빨리 사라졌습니다. 천황폐하 만세를 외치던 그는 어디에 숨어 있었을까요. 판라꾸는 일제시대 경찰 중에서 가장 악질적인 자일 거예요.
'천황에게 반기를 든 쥐새끼 같은 조선놈들아. 털어서 먼지 나오지 않는 사람 있으면 어디 나와보라고 해. 일본이라는 나라 때문에 미개한 조선이 문명의 맛을 보고 발전한 거 아니냐.'
이렇게 목소릴 높이던 자가 하루아침에 사라진 겁니다. 떳떳하다면 도망은 왜 칩니까. 그 짐승 같은 자도, 사람이라고 품어주는 가족이 마련한 은신처에 숨어서, 세상이 어찌 돌아가는지 눈치를 보고 있었겠지요. 판라꾸는 순사의 폭력을 권력으로 느끼고 스스로 친일 변절자가 된 놈입니다. 자발적 친일파인 판라꾸는 신분 세탁의 명수이자 변신의 귀재라고나 할까요. 꺼삐딴 리를 능가하는 자였지요. 물론 소리소문없이 더 높이 출세한 자도 있겠지만 그 시대에 다 그렇게 살았다고 뻔뻔하게 얼굴에 철판을 깔아도 누가 제대로 처단했냐, 이 말입니다. 물론 격동의 시대였지요. 그렇게 혼돈 속에 숨어버린 판라꾸가 해방 이듬해에 다시 얼굴을 쳐들고 태연히 나타났죠.

경찰에서는 혼탁한 치안 업무를 담당할 경찰 출신을 찾고 있었지요. 이에 판라꾸를 불러서 경남도 경찰청 수사과 차석으로 승진시켰습니다. 해방 후, 미군이 반도 남쪽으로 들어와서 설치한 미군정의 '일제 관리 재등용 정책'에 따라 판라꾸는, 이번엔 미군정 경남도 경찰청 회계실 주임으로 영전했습니다. 하필이면 수사 업무 대신 회계를 선택했을까요. 당시 남한은 미국에 의해 자본주의 시대가 열리고 있었습니다. 이에 눈치 빠른 판라꾸는 일본인들이 남기고 간 재산을 처리하는 업무에 관여했습니다. 짧은 시간 안에 일가친척과 지인들을 동원하여 토지와 공장과 건물을 헐값에 사들여 많은 부를 축적할 수 있게 되었지요. 미군정에 협조하면서 뒤로 빼돌린 일본인 재산이 수 억만금으로 불어나는 큰 재미를 본 판라꾸는 실업가가 되기로 결심했어요.

판라꾸는 자신의 악행과 정체가 만천하에 드러날까 두려워 서둘러 경찰 제복을 벗었으리라 생각합니다. 새로운 길을 열어준 미군정을 위해 충성의 만세라도 부르고 싶었을 겁니다. 또한 그즈음 판라꾸의 동생이 사회주의를 신봉하여 월북하는 일이 일어났을 겁니다. 일본 유학생 출신인 판라꾸의 아우는 사회주의에 물들어 있었죠. 반공의 이념을 국시로 삼는 이 나라에서 판라꾸가 빨갱이 잡는 일에 한 몸을 바치지 못한 이유였을 겁니다.

아버지는 어머니를 만나고 나서야 삶의 희망 불씨를 살려 나갔어요. 어느 정도 다리를 끌며 움직일 수 있자 걸인 생활을 청산하고 작은 공장에 취직했어요. 가족의 도움을 받고 목발에 의지해서 스스로 걷게 되었죠. 인간성이 말살되도록 처절하게 고문당한 기억만은 씻을 수 없는 상처로 남았지요. 여전히 대인기피증이 심하고 일터와 집만 말없이 오고 갈 뿐이었어요. 자유당 정권 아래에서도 누구에게 자신의 처지를 하소연할 데가 없었죠. 법에 호소하려고 해도 제국에 충성하던 공무원과 경찰이 서슬이 퍼렇게 살아있었으니까요.
 '시대가 바뀌었지만 우린 변함없이 그대로다. 너 하나

쯤 쥐도 새도 모르게 사라지게 할 수 있어. 숨소리조차 내질 말고 조용히 숨어 있거라.'

고문 귀신 밑에서 주리를 틀었던 저승사자 놈이 찾아와서 하는 서슬이 퍼런 말에 아버지는 충격을 받았습니다. 에라 더러운 놈들의 세상. 아버지는 술을 많이 드셨어요. 밤이면 비명을 지르고 식은땀을 흘리셨죠.

저는 알고 싶었습니다. 처음에는 이해할 수가 없었지요. 아버지는 제가 대학을 졸업할 때까지 자신이 독립운동을 했다고 말하지 않았어요. 누군가 빨갱이로 몰아서 해코지하고 붙들려 갈까 봐 두려워했죠. 해방과 함께 아버지가 경찰서에 끌려가고 투옥된 모두 기록이 없어졌어요. 누가 없애버렸을까요. 아버지 스스로 자신이 고문받고 감옥에 간 사실을 증명해야 했지만 포기했지요. 피해자인 아버지가 고문받고 투옥된 사실을 증명하라니요. 아버지는 가슴이 미어지고 분통이 터졌을 겁니다.

어린 시절. 해마다 광복절이 오면 아버지는 광복동에 가서 카스텔라를 사 오셨어요.

"아버지, 오늘이 누구 생일이에요?"

철없는 내가 묻자 아버지는 대답했어요.

"오늘은 내가 다시 태어난 날이다."

"아버지 생일은 지났어. 올해 봄이었는데."

"아버지는 생일이 두 개란다. 오늘은 내가 지옥에서 살아 돌아온 날이야. 진정한 내 생일이지."

열일곱 나이에 무슨 독립운동을 했을까. 한때 아버지를 의심한 적이 있었어요. 애국지사라면 정부에서 주는 새해 선물을 아버지는 받질 못했으니까요.

나는 판라꾸의 고문 후유증으로 평생 불구로 살아온 아버지의 독립유공자 선정을 위한 증거를 찾아야 했습니다. 해방 전 기록과 문서들은 모두 불사르거나 없어졌지요. 가해자를 찾아가서 당신이 내 아버지를 고문한 사람이 맞냐는 질문과 그렇다는 증언. 이것이 제가 판라꾸를 만나고 싶은 이유였습니다. 처음 대면한 후로 계속 몇 번이나 찾아갔지만 계속 거절당했어요.

그러던 어느 날, 자신이 쌓아온 명성과 지위에 흠이라도 날까 걱정했는지 판라꾸가 저를 불렀습니다.

자신을 비서라고 소개한 건장한 사내와 그의 부하 직원 셋이 저를 판라꾸의 집무실로 안내했어요. 긴 회랑을 지나 커다란 회의실과 연결된 대기실 안에 회장실이 있었어요. 건장한 사내는 무표정한 얼굴로 저를 노려보고는 회장실로 들어갔죠. 그 옆의 부하 직원들이 가관이었어요. 저를 아예 잡상인 취급하더군요.

"은행에 돈 뜯으러 오는 놈 오늘 처음 보았네. 웃기는 놈이야."

"놔둬라. 몸 좀 풀게. 한 주먹 깜냥이나 되겠나."

헛웃음을 픽픽 날리며 누군가 들으라고 일부러 하는 소리지만 전 눈 하나 깜짝 안 했어요.

10분쯤 기다렸을까요. 회장님이 들어오시랍니다. 비서의 안내로 응접실로 들어가 다시 5분가량 소파에 앉아 있으니 일순 긴장감이 풀리고 졸음이 오는 거예요. 잠깐 눈을 감았다 떴는데 한 노인이 서 있었어요. 예의가 아니다 싶어서 일어서려는데 그가 앉으며 조용히 말했죠.

"아, 앉아요. 이렇게 기다리게 해서 실례가 되었는지 모르겠네. 세상이 많이 변했어. 하루가 다르게 바뀌니 나 같은 노인이 따라잡기가 쉽지 않네."

어정쩡한 자세로 서 있는 나를 올려다보다가 찌푸린 웃음을 지으며 재차 앉으라고 권했죠. 풍채가 좋은 노인을 바라보니 아무 걱정 없이 풍족하게 지낸 여유가 느껴지더군요. 세월이 비껴간 듯 그의 얼굴은 주름도 별로 없고 인자한 모습이었어요. 다만 금테 안경 너머 눈빛은 간담이 서늘할 만큼 차가웠어요. 찌르는 듯한 그의 눈빛을 본 순간 나는 지금 판라꾸가 웃는 가면을 쓰고 있는 게 아닐까 의심이 들 지경이었어요. 만만한 상대가 아니었죠.

등골이 구부러지고 주름진 아버지와 극명하게 대비되었어요. 그자를 만나면 죽여버려라. 그는 사람이 아니다. 판라꾸를 만나겠다는 나에게 아버지는 말했지요. 인두겁을 쓴 짐승이라고. 혹독한 고문의 기억이 닫힌 아버지의 입을 순간 열게 했던 것일까요.

"제가 오늘 온 이유는."

순간 판라꾸가 내 말을 잘랐지요.

"알고 있네. 보게나. 내가 그간 숱한 고생을 해가며 생산 공장부터 부동산, 건설업까지 손을 대고 마침내 은행을 설립해서."

나도 판라꾸 말을 도중에 잘랐어요.

"불필요한 얘기하지 마시고 제 아버님 일을 도와주세요."

"난 조금 유능한 형사였을뿐. 그 누구를 고문한 기억이 없어. 아마 내 부하들이 서로 충성하느라 나쁜 짓을 좀 했을 거요. 지금 잣대로 보면 그렇다 이 말이지."

그는 처음부터 거짓말을 했지요. 판라꾸는 일제 강점기 당시 자신은 경찰직 말단공무원이라서 아무것도 모른다고 오리발을 내밀었죠. 거짓말도 하나의 방편이라는 일본식 말장난이 생각나더군요.

나도 하고 싶은 말들이 목구멍으로 치밀어 올랐어요. 나는 이를 악다물고 주먹을 움켜쥐었죠. 욕이라도 내지르고 싶었지만 참았어요.

판라꾸의 눈가가 미세하게 떨리더군요. 이내 신경질적인 목소리로 거침없이 말하더군요.

"알아보니 자네 대학생 시절 데모를 좀 했더군. 아직도 이 나라엔 불순분자가 넘쳐. 내가 전활 한 통 걸면 빨갱이 잡는 윗분들이 득달같이 달려올 텐데."

"제가 무리한 걸 요구하는 게 아닙니다. 불구의 몸으로 계시는 제 아버지가 유공자로 인정받는 일을 도와주십시오. 최소한의 바람입니다. 전 이만 가겠습니다."

내가 벌떡 일어서자 비서와 직원들이 다가왔어요.

"아 아, 그만. 그만. 너희들은 모두 밖에 나가 있어."

모두 물러가자 판라꾸는 한층 부드러운 목소리로 내게 말했어요.

"자. 알겠네. 내가 직접 고문한 적은 없지만 자네 부친이 독립유공자가 되도록 노력해 보겠네. 그때는 다 그랬지 뭐. 그리고 족치려면 다 족쳐야지. 왜 나만 가지고 문젤 삼느냐 이 말이야. 방송이니 언론이니 뭐니 아무리 떠들어도 잠깐 반짝일 뿐 바로 조용해지지. 다 소용없지만, 가끔 거기도 미친놈들이 있거든. 자네 입 다물고 있게나. 증거도 없이 함부로 떠들지 말란 말이야."

판라꾸가 입에 자크를 채우는 시늉을 했다. 그러더니 그가 양복 안주머니에서 두툼한 봉투를 꺼내 앞으로 내밀었습니다.

"안 받겠습니다."

도대체 돈이면 안 되는 게 뭐가 있냐는 태도였습니다. 독립운동마저 돈으로 사려는 작자라니. 나는 자리를 박차고 일어섰습니다.

그러자 문밖에서 사내들이 막아섰어요. 주먹과 발길질이 날아왔지요. 나는 그들을 밀치고 긴 복도를 뛰어서 빠져나왔어요. 다리가 후들거렸지요. 판라꾸는 변신에 변신을 거듭하는 괴물이었지요. 그가 호락호락하지 않기에 한동안 일이 제대로 풀리지 않았어요. 답답해진 나는 도서관에 가서 판라꾸에 대한 조사를 해봤어요.

자료에 의하면.

친일파의 죄를 거론한 책에 '주사기로 피를 뽑는 착혈 고문귀 판라꾸는 조선인 형사로서 가장 악질적인 친일파'라는 표현이 있을 만큼 친일 경찰로 이름이 높았기에 반민족행위특별조사위원회에 의해 체포되어 조사받았다. 그러나 그해 반민특위 해체로 석방되었다. 이승만 정권의 사주를 받은 친일파 출신 경찰이 반민특위 사무실을 습격하는 사건이 발생했기 때문이었다. 반민특위가 사실상 무력화되면서 서울 마포형무소에 구금되었던 판라꾸는 서울에서 3회, 부산에서 1회 등 모두 4차 공판을 거쳐 최종 증거 불충분 무혐의로 풀려났다.

"이미경 외 수많은 독립투사를 고문하고 살해했는가?"

조사관이 묻자 판라꾸는 대답했다.

"나는 모르는 일이다."

"착혈 고문 사실을 인정하는가?"

"모른다."

"도경의 수사 기록과 이감 기록을 모두 불태웠는가?"

"모른다니까!"

결정적 증언과 조사한 기록이 있음에도 불구하고 판라꾸는 끝내 모르쇠로 일관했다. 당시 사건 담당 조사관은 육이오 전란 와중에 통영에서 의문의 죽음을 맞았다.

해방 후, 아버지는 우연히 판라꾸를 자갈치시장에서 보았습니다.

곰장어구이를 즐겨 먹는 아버지는 그날도 자갈치시장 선술집에 들렀지요. 약값은 비싸서 아예 못 사 먹고 통증을 잊는 데 값싼 소주만 한 것이 있을까요. 아버지는 길거리에 흔한 날품팔이나 비렁뱅이처럼 보였을 테고, 얼굴에 수염이 덥수룩한 판라꾸는 벙거지를 눌러 쓴 변장을 하고 있었지요. 하지만 그자의 목소리는 아버지 기억에 갈고리처럼 걸려있었죠. 판라꾸가 고문을 할 때 흥분해서 내는 톤이 높은 쳇소리가 들렸기에 등골이 오싹해진 아버지는 순간 고개를 돌려보았죠. 아버지가 사람을 피해 돌아앉은 자리 맞은편 구석에는 판라꾸 일행 다섯 명이 원탁 테이블에 앉아 있었습니다. 판라꾸가 구금에서 풀려나서 남해안 지역으로 돌아다닐 무렵이었어요. 심장이 쿵쾅거리는 아버지는 판라꾸를 알아보았어요. 드디어 하늘의 도움으로 악마를 죽일 기회가 찾아온 것이었죠. 이내 마음을 조금 가라앉힌 아버지는 손을 떨며 그들의 대화에 귀를 기울였죠. 나이가 연장자인 사람이 눈치를 살피지 않고 큰 소리로 말했지요.

"경남 삼총사 중에서 진주나 마산보다 부산 기술이 최고라 할 수 있지. 내가 좁은 나무상자에 물건을 가두고 대못을 박거나 쇠를 빼는 기술은 그야말로 새 발의 피네. 착혈 기술은 자네가 개발한 최고의 경지여서 나도 모르게 감탄하며 무릎을 쳤지. 자넨 역시 최고야."

"아이고. 무슨 과찬의 말씀을요. 선생님이야말로 모든

기술을 개발하고 집대성한 살아있는 교과서 아닙니까. 존경합니다."

"하하. 역시 부산 기술자는 남다르군."

"노 선생님. 오래오래 건강하셔서 여기 후배들을 잘 지도해 주십시오."

"자, 그간 고생했으니 한잔합시다."

아버지는 술잔을 내팽개치고 자리에서 일어나서 무작정 술집 밖으로 나왔습니다. 공포의 전율과 절망의 기억을 떨쳐버리려고 술병째로 나발을 불었습니다. 주위를 둘러보며 흉기가 될 만한 것을 찾았지요. 포장마차 바닥에서 어른 손바닥 크기의 돌을 주워 들고 놈의 머리를 박살 내려고 술집으로 돌아왔죠. 판라꾸 일행은 이미 사라진 후였죠. 노 선생이라는 불리던 자가 노덕술이었을 겁니다.

노덕술 역시 반민특위에서 풀려난 즉시 유람 삼아 부마 지역으로 왔을 때 같은 처지인 판라꾸와 여러 번 만났기도 했을 겁니다. 만나서 서로 고문 기술이 뛰어나다 추켜세웠나 봐요. 둘은 서로 고문 기술을 몸소 시연하며 자랑질했겠죠. 이런 고문 기술은 훗날 노덕술의 제자 이근안에게 전수되었을 거예요. 노덕술을 비롯한 친일 경찰들은 모두 전쟁 전후 빨갱이 잡는 일로 자신의 어두운 과거를 지우려 했습니다.

전쟁이 끝나고 고향으로 돌아온 판라꾸는 이제 경상남도 도의회 의원 선거에 출마하였으나 낙선하였죠. 정치인으로의 변신은 실패한 거죠. 부산 사람들은 판라꾸의 과거를 잊지 않고 있었죠. 손바닥으로 하늘을 가리는 정치인이 되려다 실패한 판라꾸는 더욱 철저한 사업가로 변신하였습니다.

사회정의가 밑바닥을 치던 그즈음 판라꾸에게서 연락이 왔어요.

아버지가 독립운동을 했다는 서류가 준비되었으니 자신의 사무실에 들르라더군요. 저는 신용금고 건물에 있는 판라꾸에게 갔어요. 판라꾸가 쓴 서류에는 단순히 자신이 일제시대 부산에 근무하던 경찰이었고 제 아버지가 잡혀 온 사실이 있고 이런저런 죄상으로 교도소로 이감되었다 적혀 있었죠. 일종의 독립운동 증명서였죠. 독립운동가를 탄압하고 고문을 한 비밀경찰인 고등경찰이었던 자신의 과거는 쏙 빼버렸더군요. 서류를 챙겨 돌아서려는데 그가 나를 불러세우는 바람에 잠깐 헛소리를 들었죠.

"우리나라가 많이 좋아졌네. 옛날로 치면 전과자가

독립운동가로 변하는 지금이야말로 공정한 사회가 아닌가."

그들끼리의 공정이겠지요. 정의롭지 못한 지난날 잘못을 따질 때, 친일파 앞잡이들이 흔히 하는 말이 있지요. 탈탈 털어서 먼지 한 점 안 나오는 놈 있으면 나와보라고. 판라꾸는 말했어요.

"내게서 돈 받아먹은 놈들이 어디 한둘인가. 공무원이고 경찰이고 돈 받고 입 싹 닦는 놈도 더러 있었지만 결국 우리가 뭐 남인가. 서로 돕고 살아야지."

돌아서서 한마디 하려는데 경호원이 눈을 부라렸죠. 말이 통하지 않는 벽창호와 무슨 대화가 필요하겠습니까. 억울한 아버지를 위해 눈물을 삼켰어요.

"그 누구든 약점 없는 사람이 어디 있느냐 이 말이야! 그리고 친일 좀 했기로서니 그게 친북보다 더 나쁘겠는가."

판라꾸 씨의 변명은 끝이 없었습니다. 땅 짚고 헤엄치는 정치인 꿈을 버리지 않고 있던 그는 시의원 선거에도 뜻을 두었으나 소원을 이루지 못했죠. 신용금고 사업으로 번 돈으로 그는 고향에 돌아와 청사를 신축하는데 기금을 희사하거나, 크고 작은 일에 기부금을 내는 등, 고향을 빛낸 유명 인사가 되었어요. 어버이날 부산시장의 표창을 받는 등 노인복지 공로자로 화려하게 신분을 세탁합니다.

그런데 말입니다. 그의 약점인 친일 행적이 세상에 다시 알려진 것은 다름 아닌 독립운동 증명서 때문이었어요. 증명서를 써준 일은 판라꾸의 일생일대 실수였죠. 침묵으로 살아왔던 내 아버지가 드디어 말을 하기 시작했지요. 자신이 판라꾸에게 고문당하고 투옥되었으며, 이때의 고문 후유증으로 평생 장애인으로 고통받고 있다는 사실을 정부에 알렸습니다. 그게 인정되어 독립유공자로 건국훈장을 받으면서 증언할 용기가 생기신 거죠. 아버지가 마음의 용기를 되찾자 그의 죄상이 다시 드러난 것이죠. 판라꾸가 저지른 친일 죄상과 고문 사실이 하나둘 재조명되면서 국민적인 공분과 비난 여론이 비등했어요.

그러자 판라꾸는 2000년 1월 17일 대한매일과의 인터뷰를 통해 '일제 경찰 간부를 지낸 일을 부끄럽게 생각하며, 나로 인해 피해를 본 사람들에게 사과하고 용서를 빈다'라고 반성하는 척했어요.

하지만 2000년 12월 판라꾸의 고향 면에서 발간된 면의 역사에는 판라꾸 집안 문중의 반발로 그의 친일 죄상이 모조리 삭제되었습니다. 면사를 쓴 대필작가를 불러

'무슨 근거로 그렇게 썼냐. 근거를 대라. 그 어른은 단지 경찰이었다. 고등계 형사가 아니다. 전라도 놈이라 경상도를 저렇게 쓴다'라거나 외지인 주제에 지역 사정을 뭘 안다고 그렇게 막 쓰냐고 비난했어요. 결국 판라꾸 부분은 삭제되었으나, 작가는 자신의 마지막 양심을 편찬 과정 후기 형식으로 끼워 넣었죠. 문중은 뒤늦게 '죽일 놈 살릴 놈' 했지만, 이미 책은 인쇄가 끝난 뒤였죠.

 2002년 2월, 민족정기를 세우는 국회의원 모임에서 친일파 700여 명 명단을 발표하였을 때 명단에 든 인물 중 판라꾸는 유일한 생존자였습니다. 태풍 매미가 한반도를 덮치던 날 판라꾸는 92세의 일기로 사망했지요. 온갖 호강과 천수를 다 누리고 그 악명 높았던 일생을 마감하였습니다. 고문으로 얻은 지병으로 고생했던 내 아버지도 판라꾸가 먼저 죽는 걸 기다렸다 돌아가셨죠.
 평생을 불구로 살아온 불쌍한 아버지. 일제의 만행을 잊지 말아라. 나라가 있어야 자유가 있는 거니까. 자식들에게 나라 사랑하는 마음을 심는 것도 잊지 말아라, 아버지는 유언을 남기고 국립묘지 애국지사 묘역에 잠들어 계십니다.
 법과 권력의 완결판은 정치였어요. 법과 권력이 언론과

힘을 합쳐 정치 사건에 깊게 관여하다가 성에 차지 않으면 아예 정치판을 먹어버리는 거예요. 친일 재산조사위는 이명박이 해체했어요. 친일파와 그 후손들에게 면죄부를 준 거였어요. 무덤 속에 있는 판라꾸는 지금도 자기 잘못을 인정하지 않을 것입니다. 왜 나만 갖고 그랬냐고 개기름이 흐르는 얼굴로 뻔뻔하게 소리치는 그의 목소리가 아직도 들리는 듯합니다.

우리나라는 지금까지 제대로 된 친일파 청산조차 이뤄내지 못했다는 생각이 듭니다. 그렇다면 이제 우리가 해야 할 일이 무엇일까요. 오늘 나는 판라꾸의 이름을 뼈에 새기듯 고발합니다.

어느 독립운동가의 후손 분의 말씀이 생각나는군요. 몇 번 뵐 기회가 있었지요. 그분이 하신 말씀 중에 내 가슴을 치는 몇 마디가 있습니다.

"일제로부터 해방된 것은 우리 민족이 아니었지요."

갑작스러운 말씀에 멀뚱히 바라보니 그분이 덧붙였죠.

"진짜 해방된 것은 친일파였지요."

아직도 그 말뜻을 이해하지 못한 내게 그분은 말했어요.

"일제 강점기 친일파들이 잘 먹고 잘 살았지만 그래도 여전히 일본놈들 지배 아래에 있었던 거잖아요. 경찰서장도 일본놈이었고 관리도 높은 직책은 일본놈들이 하고 있었으니까요. 그런데 일제가 패망하여 물러나고 자기들 위에서 지배하던 놈들도 다 사라지자 무주공산이 된 그 자리를 독립운동가가 아니라 친일파들이 차지했잖아요. 경찰서장이고 장관이고 죄다 말입니다. 그러니 진짜 해방된 자들은 바로 친일파 아닙니까?"

"백번 옳은 말씀입니다."

나는 내 아버지가 고문받으며 이를 악물고 판라꾸에게 절규했던 단말마들을 떠올렸지요.

"지금은 내가 너에게 이렇게 당하지만, 일제로부터 해방되는 그날에는 친일파인 네가 반드시 이렇게 당해야 할 것이다. 적어도 네가 한 이 짓을 만인이 알아야 네가 편히 살지 못하는 세상이 될 것이다."

그런 세상은 아직 오지 않았지만 무작정 듣기 싫다고 지겹다고 진실을 덮어버리고 묻어둔다면 이 나라는 어찌 되겠습니까?

잠깐 침묵이 흐르고 사이 나는 격했던 감정을 가라앉혔습니다.

나는 A4용지 두 장 분량의 선언문을 가방에서 꺼내 들었습니다.

어디서부터 단추가 잘못 끼워진 걸까요? 그래도 살아 있는 양심들이 아직 있어서 일말의 희망을 불씨처럼 간직합니다. 여기 국회도서관에서 찾아낸 반민족행위처벌법 제정을 촉구하는 기자회견문이 있어서 관련 기사 쓰실 때 때 참고하라고 드립니다.

아직도 모르쇠와 오리발을 내밀고 아무도 반성하지 않는 현실이 안타깝네요. 친일파 집안은 3대가 흥하고 독립운동가 집안은 3대가 망한다는 말이 있지요. 친일파 자손은 저택에서 살고 독립군 자손은 판잣집에서 살았죠. 친일파 손자는 국회의원 되고 독립군 손자는 국회 수위 된다는 말이 있듯이 친일파 후손들은 물려받은 재산으로 떵떵거리며 살고 가난하여 배우지 못한 독립운동가 후손들은 숨죽이고 사는데 그 누구도 잘잘못을 인정하지 않는데 말입니다.

어쩌다 보니 사설이 길어져서 날이 저물고 있네요. 이야기를 털어놓으니 답답했던 속이 조금 풀리는 느낌이 들었습니다. 장시간 지루한 이야길 들어주셔서 고맙습니다.

기자가 전화기와 취재 가방을 챙기기 시작했다.
"판라꾸. 이 자의 죄를 널리 알려야 합니다."

내가 악수를 청하는 기자의 팔을 붙들고 힘주어 말하자 그가 대답했다.

"저 같은 지방신문 기자가 힘이 있나요? 제 생각엔 독립운동가들에게 모진 고문을 가한 자들과 친일파의 이름을 길거리 발판에 새겨 시민들이 오가며 밟아주어야 합니다. 일제의 고문으로 숨진 모든 분과 불구가 된 몸으로 버틴 독립운동가들과 그 후손들께 고마울 따름입니다."

기자의 등 뒤로 잠깐 서광이 비쳤다. 노을을 향해 멀어져가는 그의 등 뒤에 대고 나는 소리쳤다.

"친일파라고 부르지 말고 민족 반역 살인마라고 써주세요. 가해자 일본을 대신해서 친일파가 화해를 말하는 이런 세상에 제 자식이 태어나게 한 것이 미안할 따름이라고."

(2022년 《작가들》 겨울호)

ги산을 따라서 전진

그가 왔다. 남경의 여름 무더위가 기승을 부릴 무렵이었다. 버드나무 가지가 바람에 휘날리고 수천 개 연꽃이 피어있는 호숫가 초가집으로 그가 내게로 왔다. 그를 만나기 위해 나는 중국인 나청의 전셋집에 머물고 있었다. 나청은 그와 혁명 운동을 함께 한 오랜 동지이자 친구로서 먼저 찾아온 나를 반갑게 맞이했다. 나는 조선민족해방동맹[1] 규합 모임에서 그를 잠깐 만난 적이 있었다. 일본 경찰의 심한 물고문 후유증을 앓고 있던 그는 평소 천천히 그러나 단호하게 말을 했다. 자신의 신념을 이야기할 때는 호흡이 가빠지고 목소리는 갈라져 나왔다. 햇빛에 그은 얼굴에 병색이 완연했다. 어깨 골격은 넓었으며 깊고 형형한 눈빛과 굳은 의지가 담긴 입가에는 옅은

---

1) 조선민족해방동맹: 1936년 3월 중국 상하이에서 김산, 박건웅, 김성숙 등이 주축으로 조직된 독립운동단체.

미소가 흘렀다.

 나는 회색 세비로 양복을 입고 물광을 내서 반짝거리는 검은 구두를 신고 그에게 다가갔다. 몸의 일부처럼 내 등에는 늘 만돌린이나 바이올린이 붙어 다녔다. 이마 위에 비스듬히 쓴 중절모를 벗어 왼손에 들고 만돌린과 함께 그에게 정중히 인사했다.

 "선생님, 만나고 싶었습니다."

 몸이 마르고 체격이 왜소해서 계집애처럼 보인다는 말을 들어오던 나는 부러 목소리를 깔았다. 그는 콧수염을 매만지며 말했다.

 "율성군. 반갑네만 나를 선생이라 부르지 말아줘. 나는 남을 가르칠 자격이 없으며 다만 자네보다 나이를 조금 더 먹었을 뿐이야. 그래봐야 겨우 삼십 대 문턱이지. 차라리 동무나 형이라 부르면 어떤가."

 나 역시 스물세 살인데 갈 길이 아직 멀고 또 멀었다. 남경 조선혁명간부학교[2]를 2년 전 마친 나는 조국을 위해 목숨을 바칠 항일투쟁 임무를 아직 제대로 부여받지 못했다. 그런데 왜 이렇게 한 백 년쯤 살아온 듯한 느낌

---

2) 조선혁명간부학교: 1932년 김원봉이 중국 난징에서 설립한 군사간부양성학교. 조선혁명군사정치간부학교, 의열단 간부학교 등으로도 불렸다.

이 드는 걸까. 나의 친형들은 일제의 검거 선풍으로 잡혀서 이미 유명을 달리했다. 조선 군관학교 교가를 작곡한 내 음악적 귀와 재능을 높이 평가한 김원봉 교장이 처음 나를 파견한 곳은 고루 전화국이었다. 밀정을 써서 조선인 혁명가를 감시하고 보고받는 일본인 경찰의 전화를 도청하는 일은 지루했다. 얼마 지나지 않아 교장은 나를 다시 불러 혁명을 고취하는 음악 공부를 위해 상해로 가라고 말했다. 총을 들고 악기를 메고 전투에 나서라는 명령. 음악과 혁명을 일치시키라는 말씀.

음악의 혁명적 역할에 대해 나는 김산에게 말한 것 같다. 그를 무척 존경했기에 마치 꿈속에서 대화하는 것 같았다. 존경 정도가 아니라 흠모하였고 그가 가는 길이 세상 끝이라도 따라가기로 작정했다. 조국 해방으로 가는 그 길이 가시밭길을 넘어 열명길일지라도 가야만 했다.

"혁명에서 개인의 역량이라는 것은 필요가 없어. 장강에 던져진 한 줌 소금처럼 형체도 없이 녹아버리면 곤란하지. 대한국인이 하나의 세력으로 중국 혁명 대오에 가세해야만 해. 일본 제국주의 총칼에 맞서 우리도 무력으로 싸우고 독립을 쟁취해야 하지. 나와 함께 영광된 독립의 길로 전진하자구."

목소리는 힘이 실려 있으나 그의 모습은 중환자나 다

름이 없었다. 잠을 제때 못 이룬 탓에 초췌한 얼굴은 부석부석하고 뼈대만 남은 몸은 나목처럼 앙상했다. 사실 그와 지낸 두어 달 동안 밤이면 밤마다 그는 악몽 때문인지 비명을 지르며 식은땀을 흘리다 깨어나곤 했다. 일제와 국민당 형사들에게 쫓기고 잡혀서 고문당하는 꿈을 꾸었다고 그는 말했다. 고춧가루나 오물이 섞인 물고문을 수십 번이나 받아서 호흡기 조직이 파괴되고 감염으로 이어진 폐는 이미 망가졌다. 호흡이 곤란하니 웅크리고 입을 내밀며 숨을 쉬었다. 그로 인해 표정이 우울해 보였다. 두 차례나 국내로 송환되어 옥고를 치렀다. 그토록 심한 고문을 받고도 죽지 않고 살아 돌아왔다는 이유로 김산은 중국 공산당의 불신임을 받았다. 당적을 박탈당하고 일제의 밀정으로 몰린 상태였다. 게다가 당원들의 사상을 검증하는 K가 김산을 트로츠키주의자로 낙인찍었다. K는 오래전부터 조선인 독립운동가들의 활동을 비밀스럽게 주시하고 있었다. 중국 혁명을 위해 목숨을 초개처럼 던지지 않은 소수 민족 조선인이라니. 북경과 상해에서 복당을 신청했으나 받아들여지지 않았다.

"율성아."

기침을 멈춘 그가 나를 불렀다. 나는 재빨리 그 부름에 응했다.

"네, 형님."

"이 중국 땅에서 어떠한 시련과 환란이 오더라도 그것이 수업료라 생각하고 몸이 산산이 부서지고 마음이 갈가리 찢겨도 반드시 빼앗긴 나라를 일본놈들로부터 찾아와야 한다. 조국해방이 우리의 최종 목표이다."

그는 틈만 나면 나를 지도했다. 그가 손수건을 입에 대고 기침하자 피가 묻어나왔다. 내가 황급히 다가서자 그는 손사래를 쳤다.

"괜찮다. 네가 앞으로 좌와 우를 떠나 조선 민족의 해방을 위해 작곡에도 최선을 다했으면 좋겠구나."

"네. 명심하겠습니다."

그는 내게 많은 이야기를 들려주었다. 광저우에서 살인 정권 국민당에 저항하는 무장봉기에 참가했던 경험과 하이루펑으로 근거지를 옮겨 항쟁하던 이야기는 눈물겨웠다. 수백 명의 조선인 독립투사들이 무명용사로 목숨을 잃었다. 살아남은 김산은 산 증인이자 역사 그 자체였다. 남의 나라 땅에서 죽어간 수천수만을 헤아리는 무명의 용사 중에서 살아남은 자는 하늘의 선택을 받은 것과 마찬가지였다. 초주검에 이르도록 고문을 당하고 첩자로 몰려 당적을 잃은 후 재신임받고자 조직을 재건하는 사업에 매달리기도 했다. 하지만 돌아온 것은 차가운 눈총과 불신. 가만히 앉아 있으면 K가 주도하는 심문과 처단만이 덜컥 돌아올 일만 남았다.

"형님. 이제 어찌하실 겁니까?"

"가족을 살리기 위해 아내와도 헤어졌네. 우선 나의 당면한 복당 문제 해결과 조선민족해방동맹에 대한 당 중앙의 확고한 지지를 얻기 위해 연안으로 가야지. 다른 방법이 없네. 전진할 수밖에."

연안행이 살아남는 유일한 길. 연안에 있는 중앙당 조직의 신뢰를 회복하고 중국 혁명에 참여하는 길이 우리 민족을 일제로부터 해방하는 투쟁의 길이라고 김산은 말했다.

나는 중국인 나청과 함께 포구역으로 가서 김산을 배웅했다. K는 이미 연안으로 간 후였다.

"산이 형님. 저도 곧 뒤를 따르겠습니다. 다시 만날 날을 기다리겠습니다. 그때까지 몸조심하세요."

나청이 가방과 여비를 김산에게 건넸다. 우리는 서로 힘차게 포옹을 했다. 기차가 기적을 울리며 출발했다. 차창에 비친 그를 보며 이제 막 움직이는 기차를 따라 걸었다. 만돌린을 손에 들고 기차를 따라가며 라 마르세예즈를 연주했다. 일어나라 조국의 아이들아, 영광스러운 그날이 왔노라. 폭정에 대항하여, 압제자의 피 묻은 깃발을 들어 올려라.

그의 콧수염이 좌우로 벌어지며 크게 웃음 짓는 얼굴에 희망의 빛이 깃들어 있었다. 기차가 멀어져가고 철로변에 만발한 코스모스가 바람에 흔들렸다. 그의 연안행이 죽음에 이르는 지름길이라도 나는 따라갈 것이다. 그의 음성이 귀에 남아 쟁쟁거렸다.

그의 말대로 사회적 계급, 정당, 정치적 신념이나 종교적 신앙에 관계없이 조선 독립에 동의한 모든 조선 사람들은 단결하여 반파쇼 인민전선을 구축하고 파시스트 일본 제국주의 침략자에 맞서 싸워야 할 때였다.

싸움을 다짐하는 그 순간, 가슴 속에서 풀려나오는 선율을 따라 나도 모르게 노래를 흥얼거렸다. 머릿속으로 음계를 그리고 음률을 정리하자 내 입을 열고 심장 박동이 박자를 맞추는 노래가 힘차게 빠져나왔다.

전진! 전진! 전진!

(2024년 《아세아》 여름호)

수안

오후 4시, 아이가 물에 빠져 허우적거리고 있다. 머리가 잠기기 전 엄마를 부르는 환청이 들린다. 무엇이든 시도해야 했다. 작은 손이 마지막으로 허공을 잡으려다 사라진다. 도현은 식은땀을 흘리다 깨어나서 머리를 움켜쥐었다. 왼쪽 귀 뒤편에서부터 시작된 통증은 이마 위로 천천히 번졌다.

 처음 내원할 당시 이도현은 특정할 수 없는 만성 두통을 호소하였다. 진료실에 들어섰을 때 그의 목은 12시 5분을 가리키는 시곗바늘처럼 기울어 있었다. 미간에 세로 주름이 깊게 파인 얼굴은 일그러져 있었다. 진료실을 둘러보는 그의 두 눈은 믿을 수 있는 의사가 이 세상에 있기나 한지 확인하려는 듯 날카로웠다. 그도 그럴 것이, 십 년 넘게 병원을 전전해 온 터였다. 진통제만 점점 쌓여갔고 처방이 듣지 않자 이 약 저 약 섞어 복용하기에 이른 것이다. 그가 받은 진단은 편두통, 긴장형 두통, 비특이적 일차성 두통처럼 흔한 병명들이었다.

최민경은 깊은 한숨을 내쉬었다. 의무기록에는 병력상 특별한 원인 질환은 없었으며, 신경학적 증상이 의심되어 시행한 CT 영상 검사도 정상으로 판독되었다. 척추, 특히 경추의 만곡 상태가 뚜렷이 비정상이었다. 경추는 일곱 개로 구성되며, 여덟 개의 주요 신경이 분기된다. 통증은 주로 이들 신경에서 갈라져 나간 작은 신경 분포에서 발생할 수 있다. 그의 척추 형태로 미루어 장시간 고개를 숙이고 무언가를 들여다보는 자세가 두통의 주요 원인 중 하나로 추정되었다. 이런 자세는 뇌압에 영향을 주며, 머리 내부 압력이 낮아지면 중력에 의해 뇌가 아래로 처지면서 두통을 유발할 수 있다. 다만 이런 자세에서 비롯한 일자목은 특별한 사례라고 할 수 없는 근래 흔한 질병이었다.

최민경은 도현의 목 뒤쪽을 눌렀다. 그는 얼굴을 찡그리며 신음을 내뱉었다.

그의 통증은 단순 신경 문제로 설명하기 어려웠다. 그는 마치 오랜 시간 무언가를 짊어진 사람처럼 보였다. 축 처진 거북목은 들기조차 버거운 모습이었다.

"잠은 잘 주무시나요?"

"잠이 오지 않아요. 자다 깨다 반복이고."

증상이나 통증의 범위는 변동이 심했다. 그런데 왜 십 년 동안이나 두통의 원인을 찾지 못한 것일까. 최민경은 호기심이 일었다. 그녀는 이도현의 상담 치료 예약을 잡아주었다.

브레인IT 본사 지하 3층. 도현은 보안 콘솔에 몰래 접근했다. 자신의 이름으로 등록된 두 개의 계정 중 하나가 눈에 들어왔다. Lee.Dohyunn_mem#942-alpha. 그는 마우스를 클릭했다. 프로젝트 로그 파일이 열렸다.

Ⅱ실험자: #942-alpha
기억 삽입: 시뮬레이션 친구 구성
목적: 정서적 반응 실험
결과: 감정 잔류, 기억 퇴적 발생

코딩 중에 잠깐 졸다 깨어나서 컴퓨터 화면을 바라본 도현은 정신이 번쩍 들었다. 모니터 화면이 흐려졌다. 그동안 몰두한 작업이 백업도 없이 사라졌다. 화면이 어두워지고 IDE 커서가 깜빡이는 줄에 자신이 입력하지 않은 코드 한 줄이 새겨졌다.

```
def drawSwing(child_name="Sooan"):
```

그는 마우스에서 손을 뗐다. 그 이름. 왠지 익숙했다. 낯설지 않았다. 머릿속에서 짧은 장면이 스쳤다. 바다. 희미한 안개. 그네를 타던 아이. 노란 옷. 웃고 있었다. 그 순간, 뒤편에서 파도가 일었다. 모래를 집어삼키는 밀물. 바다는 그리 만만한 곳이 아니었다. 중력이 바다를 땅의 표면으로 끌어내리고 있다. 기억저장소에서 본 아이들의 사진. 그중에 수안이라는 아이가 있었을까, 두통이 한층 심해졌다. 그는 모니터 앞에서 꼼짝하지 않았다. 시스템이 설정한 가상의 인물. 그러나 그 기억은 도현 안에 남아있었다. 벌써 석 달째 브레인라이트 프로젝트에 참여하고 있다. 인공지능으로 생성한 가상 인물의 기억이 실제 인간의 기억에 어떤 영향을 주는지 실험하는 프로젝트였다. 가상 인물의 성격을 설정하고 그 캐릭터의 목소리에 다양한 감정 표현을 넣고 말투와 습관을

정하고 스토리를 발전시켜야 했다. 프로젝트 팀장은 도현에게 가장 보고 싶고 만나고 싶은 캐릭터를 만들라고 지시했다. 캐릭터를 만들어 키우자 도현의 마음 가장 낮은 그곳에서 과거의 상처들이 떠올랐다. 도현은 자신이 경험한 기억의 잔영을 심리상담 형식으로 최민경에게 보고해야 했다. 도현은 몰두했다. 중고등학교 시절에는 게임에 빠져서 살았다. 캐릭터의 레벨을 올리느라 밤잠을 설쳤다. 대학 졸업하고 여러 회사를 지원했다가 최근 십년간 IT회사에 다녔다. 가상공간에서 살았다. 인간이 기계에 종속되는 시절이 오든 말든 월급만 많이 받는다면 도현에게는 별문제가 아니었다.

  도현은 무릎 위에 손을 얹고 의자에 기대어 앉아 있었다. 몸은 잠이 들었지만 의식은 몽롱했다.

"아직도 그 생각이 반복되나요?"

최면 치료를 하는 최민경의 목소리는 낮고 단단했다.

"매일, 같은 시간에."

"무슨 장면이 떠오르나요?"

"수안이라고 불렀어요. 가상현실 속 아이… 그 아이에겐 기억이 있어요… 목소리… 웃는 모습까지."

"수안이 실재한다고 느끼나요?"

"생생해…."

"그 기억, 처음 떠오른 건 언제였죠?"

"그 아이가 그네를 타고 있었어요. 제가 밀어주고 있었고요."

"그게 바다 근처였던가요?"

"모래, 조개껍질, 습한 공기. 물이 발끝에 닿았던 것 같아요."

최민경은 그에게서 시선을 돌리지 않은 채 조용히 녹음을 계속했다.

치료를 받은 날 밤, 그다음 날도 도현은 다시 그 꿈을 꿨다. 조용한 모래사장. 수안이 마시던 포도 주스를 건넸다. 도현은 음료수를 받아 들고 한 모금 마실까 망설였다. 수안이 그네를 타고 있었다. 바람은 부드럽고 태양은 낮게 떠 있었다.

"나 밀어줘."

그는 아이 뒤에서 줄을 잡았다. 한 번, 두 번. 그네는 점점 높이 올라갔다. 그 순간 멀리서 사이렌이 울렸다. 수안이 돌아봤다. 웃고 있던 얼굴이 멀어졌다. 그리고 그 차갑게 텅 빈 바다와 귀를 울리는 바람 소리. 중력에 이끌려 물속으로 가라앉는, 여객선이 바닥에 끌리는 소리. 눈을 떴을 때 손에는 냉장고에서 꺼낸 포도 주스 병이 쥐어져 있었다.

평일 오전, 최민경의 클리닉이 한산했다. 창밖을 보니 낮게 깔린 구름 탓에 공기마저 무겁게 느껴졌다.

"요즘도 매일 컴퓨터에서 수안이라는 아이와 대화하나요?"

"네. 로그인하면 바로 열리니까요. 그 아이가 딸처럼 느껴집니다. 저는 그 아이를 지울 수 없었어요."

"수안이 왜 딸처럼 느껴지나요?"

도현은 한참 만에 입을 열었다.

"딸이 있었어요. 세 살이었죠. 주말이라 아내는 간만에 친구를 만나러 간 사이 사고가 났어요. 마감이 닥친 회사 일을 하는데 아이가 칭얼거리길래 욕조에 물을 받아서 놀게 했죠. 평소 물놀이를 좋아해 곧잘 그렇게 놀았거든요. 물론 늘 아내가 그 곁을 지키고 있었지만요…. 일에 집중하느라고 집안이 조용해진 걸 몰랐어요. 시계를 보니 오후 4시. 한 시간 동안 아이가 욕조 모서리에 머리를 부딪히고 물에 빠져 늘어져 있었던 거죠. 구급차를 부르고 병원으로 갔지만 아이는 다른 세상으로 갔어요."

"보고 싶으시겠어요."

"아내는 말했어요. 회사 일이 딸 목숨보다 더 중요하

냐고. 정말 죄책감 때문에 고개를 들 수가 없었어요. 어린 딸을 두고 나간 그녀도 자신을 스스로 자책했어요. 우리에게 왜 이런 불행이 찾아왔을까. 미칠 지경이었어요. 이 세상에는 사람을 미치게 만드는 보이지 않는 거대한 힘이 있지 않을까요?"

보이지 않는 힘이라니. 최민경은 그의 말을 정리하며 생각했다. 감정과 기억이 물리적 증상으로 전이된 것이 아닐까. 그가 짊어진 기억은 실로 물리적 힘처럼 보였다. 그 힘은 그의 목, 어깨, 척추를 천천히, 그러나 지속적으로 눌러대고 있었다. 온갖 생각과 걱정이 쌓인 머리의 무게는 결국 목으로 쏠리고, 이 무게는 두통으로 이어질 수 있다. 원인을 알 수 없는 이유로 몸이 굳는 근육 긴장 이상증은 아닐까. 그가 짊어진 모든 감정은 한 방향으로 끌려가고 있었다. '중력'이라는 단어가 머릿속을 맴돌았다. 중력은 고통의 원인이 아니라 고통을 붙들고 있는 힘인지도 모른다. 그러므로 이 두통은 목등뼈에 걸린 중력을 저항한 결과일지도 모른다. 증상은 주로 목 근육이 뻣뻣해지고 구부러져 어깨가 무거워지며, 심할 경우 편두통으로 나타난다.

머리를 최대한 가볍게 만들어야 했다.

회사로 출근한 도현은 마지막으로 '수안'의 기억 데이터를 외부 저장장치의 디렉터리로 복사하고 시스템을 종료했다. 자신이 기억하지 못해도, 훗날 누군가는 그가 키운 딸아이 수안을 다시 떠올릴 수 있도록.

  도현은 어린 시절 이야기를 털어놓았다.

'내가 태어난 날, K시에서는 최루탄 연기가 자욱했어요. 계엄령이 내려졌고 시민들은 등화관제를 하며 불안에 떨었습니다. 어머니는 이불 속에 누워 텔레비전 화면을 응시하고 있었지요. 자궁 속의 나는 산달에 나오려고 꿈틀대고 있었을 테고. 아마 화면 속에는 곤봉과 군화에 짓밟히는 시민들의 모습이 나왔나 봐요. 나중에 알았는데 폭도라고 불린 이들은 학생, 노동자처럼 지극히 평범한 시민이었지요. 놀란 산모의 양수가 터졌어요. 산통이 오기 시작했어요. 축복의 시간이지만 문제는 곧 태어날 내 아버지가 없다는 사실이었어요. 이틀 전 출근한 아버지는 아직 돌아오지 않았지, 뭡니까. 혹시 대검에 찔린 그것은 아닐까. 개머리판에 맞아 쓰러진 그것은 아닐까. 무슨 일이라도 생긴 걸까. 남편의 안위를 걱정하던 어머니는 이웃 할머니의 도움으로 나를 망망대해와 같은 세상 밖으로 보냈지요. 아비 없는 아이를 키우게 될까 하는 염려가 산고보다 컸답니다. 울다가 기가 막혀서 혼절

했다 합니다.'

도현은 어머니의 고통이 자궁에 있던 자신에게 전달된 것이 아닌지 의심하고 있었다. 그의 두통은 통증 스케일 9-10점에 이르는 가장 극심한 상태였다.

도현의 어머니는 매일 머리를 질끈 묶고 이불을 개고, 마당을 쓸고, 밥을 지었다. 폭우가 쏟아지는 날이면 멍하니 천장을 바라보며 누워 있었다.

"그날 도민들의 물결이 성난 바다처럼 보였지. 네 아버지가 그 파도에 휩쓸려 떠내려갔나 보다."

도현은 총소리와 피로 물든 바다를 상상했다. 가끔 성난 물결처럼 머리가 아픈 날이면 어머니가 이마에 손을 얹어주던 기억이 떠오른다. 백약도, 진단도 아닌 단지 손바닥의 체온. 그 온기가 그의 첫 번째 위로였다. 그 손은 따뜻하고 무거웠다. 사랑이란 어쩌면 그 무게, 중력의 다른 말일지도 모른다.

도현은 불 꺼진 거실에 잠들어 있었다.

그곳에 수안이 있었다. 아이는 키가 커 보였다. 긴 머리를 단정하게 묶고 손에는 좋아하는 포도 주스를 들고 웃으며 말했다.

"아빠, 또 그랬지? 또 나 몰래 울었지?"

도현은 숨을 삼키며 그 아이를 바라봤다. 머릿속에서

무언가 자꾸만 빠져나가는 느낌이었다.

"수안아… 아니 수아야, 미안해. 너를 잊으려고 한 적 없어."

"근데 왜 자꾸 나를 지워? 왜 나를 찾을수록 아빠가 아픈 건데?"

도현은 무릎을 꿇었다. 수안의 목소리는 아이의 것이었지만 그 속에는 어른의 슬픔과 기계적인 규칙성이 뒤섞여 있었다.

"널 기억하면 안 된대. 시스템이 말하길, '감정 오류'라고."

수안은 주스를 바닥에 내려놓고 도현의 손을 잡았다. 그 손의 감촉이, 작고 보드라운 손가락 하나하나가 놀랍도록 생생했다.

"근데 나는 아빠랑 있었던 그네 기억이 좋아. 물속은 싫어."

도현은 대답하지 못했다. 그 순간, 수안의 얼굴이 번지기 시작했다. 잉크가 물에 번지듯 기억이 무너지는 장면. 도현은 비명을 지르며 깼다. 그는 가상의 존재가 만들어낸 기억을 그리워하고 있었다.

이도현은 열이 오르는 머리를 식히고 싶었다.

도현은 회사의 프로젝트에 열심히 참여했지만, 그것

이 원인이 되어 만성 피로와 원인불명 두통에 시달리면서 죄책감과 마주해야 하는 이 상태를 더는 견디기 어려웠다. 죽은 딸아이의 모습 대신 가상공간의 수안이 늘 떠올랐다. 그는 수안에게 집착적으로 매달렸다. 수안이라는 이름도 죽은 딸아이의 이름 수아를 생각하며 만들었다.

도현은 저녁 식사를 하면서 아내에게 잠깐 회사를 그만두고 다른 일을 찾겠다고 말했지만 돌아온 것은 핀잔이었다.

"힘든 건 이해하지만 자기 아들 학원비는 어쩌려고?"

그는 더 이상 말을 잇지 못했다. 아내는 식탁을 떠났고 그는 소파에 몸을 던지듯 누웠다. 무의식적으로 움직이는 손가락은 키보드 자판을 두드리듯 움직였다.

웅크린 자세로 밤을 보냈다. 인간은 중력에 적응하기 위해 신체를 진화시켰다. 귀의 전정기관은 균형을 유지하게 해주고, 척추는 직립보행을 가능하게 했다. 직립의 시간을 보내고 누구나 고단하면 눕고 싶기 마련이다. 그런데 왜 나는 잠이 들지 못하는가, 도현은 눈을 감고 씁쓸한 미소를 지었다. 지구 중력 아래 대기층이 형성되고, 물이 순환하며, 산과 강이 어울리는 동안에도 그의 머리는 여전히 흔들리고 있었다. 그는 식물처럼 생활에 뿌리를 내려 흔들리는 바람에도 날아가지 않기를 바랐다. 도현은 수안을 삭제하지 않았다. 대신 숨겼다. 서버 디렉터리 **/hidden/memory/keep/sooan.json**에 몰래 숨겼다.

그는 눈을 떴다. 그 순간, 깊은 물 아래로 천천히 가라앉는 느낌이 들었다. 무게는 점점 사라졌고 바다처럼 조용해졌다. 그는 거실 소파에 있었다. 달빛이 부엌 창문으로 스며들고 있었다. 작은 발소리. 아이가 걸어왔다.

"아빠, 주스 마실래?"

"안 마실래. 대신 알고 싶은 게 있어. 난 네 아빠가 아니야. 브레인라이트 프로젝트가 가상공간에서 너를 만든 거야. 이제 와서 생각하니 그들이 분명 나를 실험 대상으로 삼았어."

"저는 아빠가 키운 딸이 맞아요. 저는 생각과 기억 속에만 있지 않고 실제로 빠르게 성장하고 자라나요. 머지 않은 미래에 가상공간에서 벗어난 제가 실제 아빠를 찾아갈 거예요. 아빠, 그때까지 기다려주실 수 있어요?"

로봇이나 기계가 되어 찾아온다니, 그는 당황스러워 고개를 저었다. 말이 나오지 않았다. 그곳에 수안이 있었다. 그 이후 그 이름은 로그에서 사라졌고 계정은 삭제되었지만 존재의 흔적은 남아있다. 그러나 암호화된 단 하나의 파일로 남아있었다. **sooan.json**, 파일은 열리지 않는다. 누구에게도. 도현, 단 한 사람만 제외다. 파일을 모든 사람이 볼 수 있도록 오픈할까.

그리고 바다였다. 그는 마지막으로 그 바다를 기억했다. 존재를 삼켰던 일렁이는 그 물을 추억했다. 모래 위에 앉아 있었던 수안을. 손에 쥐어진 둥근 조개껍질 장난감을. 그리고 그날 오후 4시, 구하지 못했던 그날의 맑은 하늘과 무거운 물 아래로 가라앉은 마음을, 도현은 그녀를 지울 수 없었다.

장대비가 오는 날이면 도현의 어머니는 어김없이 아버지를 떠올렸다. 그럴 때마다 머리를 질끈 동여매고 방 안에 조용히 드러눕곤 했다.

"어디 계실까. 네 아버지가."

그가 아버지를 떠올리면 이상하게도 생선 비린내가 코를 찔렀다. 생선 배를 가르고 내장을 끄집어냈을 때 나는 짙고도 비릿하게 코를 찌르는 냄새. 그 냄새가 편두통을 몰고 왔다. 도대체 그의 머리는 왜 이토록 무거운가. 두통은 좀처럼 가실 기미가 없었다. 그는 진료실을 나서며 창밖을 바라보았다. 복도 창문 너머로 보이는 흐릿한 아파트 단지, 대열을 벗어나 날아가는 새들, 기울어지는 햇살이 눈을 찌른다. 그는 상상했다. '언젠가는 이 고통도 끝날까.' 아무런 걱정거리 없이 살고 아내와

식탁에 앉아 웃으며 삼겹살을 구워 먹는 날이 올까. 그는 문득 먼 훗날을 그렸다. 수안을 만나 말끔하게 사라진 두통에 대해 웃으며 이야기하고 싶었다.

"그땐 그냥, 가라앉아 있었어. 너무너무 무겁게 살았던 거야. 가볍게 넘어가야 할 일조차도."

 이도현을 몇 번 더 만난 후 최민경은 의사로서 이 프로젝트에 대해 점점 회의감에 빠졌다. 최근 출시된 신약을 처방하는 방법보다 환자의 상태를 잘 파악하는 게 먼저였다. 이 두통의 실체는 과연 어디까지 의학의 영역일까. 머리가 지끈거렸다. 진단명은 넘쳐나고 약은 날로 독해지는데 환자의 고통은 그대로였다. 의사로서 도현의 고통을 이해할 수 있지만 과연 치료할 수 있을까. 혹시 진료라는 명목으로 그의 이야기를 듣고 묻어버리는 건 아닐까, 그녀는 생각했다. 컴퓨터 파일 안엔 또 하나의 '상담 일지'가 들어있다. 이것이 의료의 진보일까, 아니면 절망을 문서로 만든 목록일 뿐일까. 최민경은 이도현이 분열적인 자아를 회복하기 위해서는 장기간의 휴식이 필요하다는 소견을 적었다.

 향후 영상의학적 검사와 치료를 의뢰하고 그의 목등뼈 부위 변화를 관찰하기로 했다. 약물 처방, 후두신경

차단술, 근막통 주사 등의 조치를 시행한 결과 통증은 30% 이상 감소했다고 그는 보고했다. 그러나 이명, 어지럼증, 얼굴통은 여전히 남아있었다. 일상생활에 계속 불편함을 줄 정도였다. 하지만 두통은 여전히 끈질기게 도현을 괴롭혔다. 그의 이야기는 반복됐다.

"선생님, 머리가 무겁습니다. 눈을 감으면 그 애가 살아나서 다가오고 꼭 지구가 저만을 향해 중력을 더 집중시키는 것 같아요."

도현의 책상 위에 노트북이 펼쳐져 있었다. 해결하고 넘어가야 할 수많은 문제가 줄지어 있었다. 그는 그중 하나를 골라 연필로 조심스레 동그라미를 쳤다. 그 작고 둥근 표시 하나가 오늘의 그를 지탱하고 있었다. 창문엔 커튼이 드리워져 있었다. 햇빛은 들지 않았다. 로그인하고 비밀번호를 넣자 파일이 열렸다. **sooan.json**, 지금은 단 한 사람, 도현만을 위한 완벽한 세계가 기다리고 있었다. 그 인공지능의 세계에서 수안을 키울 것이다. 그러자 다시 바다와 가라앉는 몸. 그는 그 물 위를 둥둥 떠다니는 노란색 장난감 오리와 그것을 잡으려는 아이의 작은 손을 기억했다.

브레인라이트 프로젝트 보고서.

환자의 제반 증상은 심인성이나 복합적인 요인에 기인함으로 지속적인 관찰이 필요하다.

그런데도 두통이 만성적으로 지속된다면…. 최 박사는 잠깐 상상했다. 중력을 거슬러 마이크로캡슐을 그의 뇌 속으로 넣어볼 수 있다면 이 고통의 실체를 알 수 있을까. 아니다. 이건 단순한 두통이 아니다. 가상 존재인 수안과 세상의 모든 질량이, 모든 기대와 실망과 책임이 그의 머리 위에 얹혀 있는 듯 보였다.

경과 보고서를 작성한 후 의사는 서랍 깊은 곳에서 중추성 두통약 한 알을 꺼냈다. 그것을 입에 물고 사막에서 물을 찾는 사람처럼 한 모금 마실 청량함을 찾아 일어섰다.

(2025년 《리토피아》 가을호)

구두 한 켤레

마을버스 정류장 옆 반의반 평 정도 되는 간이 부스는 심 씨의 일터였다. 웬만큼 추운 날이 아니고서야 미닫이 문은 언제나 열린 채였지만 작업하느라 고개를 숙인 탓에 그의 얼굴이 제대로 보이는 날은 드물었다. 그렇다고 늘 구두를 들여다보고 있는 것은 아니었지만, 마치 그런 채로 굳어버렸다는 듯 잔뜩 구부린 등과 함께 그의 고개는 늘 수그러진 채였다. 얼핏 지나친다면 그가 구두를 닦는 중인지 쉬는 중인지 구분이 가질 않을 거였다. 아픈 발을 치료한다는 데서 오는 유대감 때문일까, 나는 그의 손바닥만 한 작업실을 그냥 지나치기 어려웠다. 심 씨는 밭은기침을 하다가도 인기척이 들리면 귀를 기울였다. 사람의 발소리를 듣는 것이다. 삼십 년의 시간이 들여놓은 습관이었다. 구두를 보면서 그 사람의 병력을 살펴보는 일이 나의 습관인 것처럼.

 이슬비가 추적추적 내리는 날이었다. 발을 공부한 나

는 갑작스러운 귀국에 실업자가 되고 말았다. 시국이 한 몫했다. 'IMF 시절'이라고 불릴 만큼 나라의 빚이 온 국민의 숨통을 쥐고 흔들던 때 먹고 살기도 힘든데 발 건강 따위를 신경 쓸 리는 없었다. 서울 시내는 엄두를 못 내고 변두리에 월세방을 얻었다. 우산도 없이 집으로 가던 나는 비도 피할 겸 수선실로 들어갔다.

"물광을 내면 방수가 되지요."

신고 다닐 때는 몰랐는데, 남 앞에 구두를 벗어놓자니 안 그래도 낡은 구두가 몇 배는 더 초라하게 보여 괜히 부끄러웠다. 나라는 인간을 지고 밟히느라 구두는 깊은 주름이 지고 바닥은 닳고 닳아 투박해졌다. 종일 일자리를 찾아 걸어온 구두 밑창에서 빗물에 젖은 나뭇잎이 떨어졌다.

"경기가 좋으면 구두가 쌓이고 경기가 나쁘면 길바닥에 낙엽이 쌓이지요."

입구에 주렴이 내려진 실내 벽에는 윤이 나는 구두가 주인의 발을 기다리고 있었다. 바닥에는 차례를 기다리는 구두 몇 켤레만이 몹시 고단하다는 듯 무람없이 입을 벌리고 잠들어 있을 뿐이었다. 머무를 직장이 없어 온종일 돌아다녀야 하는 내 구두 역시 고단하긴 마찬가지일 터였다. 떨쳐 일어나려고 구두라도 닦는 것이다. 구두의 상태를 보면 그 사람을 알 수 있지 않은가.

그 후로 시간이 나면 막걸리 한 병 사 들고 구둣방에 가서 그가 살아온 이야기를 들었다. 나는 주로 이야기를 듣는 편이었다.

"제대해서 공장서 일할 때 나를 좋아한 여자아이가 있었네. 나 같은 놈을 따라다니지 말고 너를 사랑하는 남자하고 사귀라고 내가 좋게 타일렀지. 어쩌다 함께 연안부두에 갔지. 겨울 바닷바람 부는데 파도는 거세고 막차는 이미 떠났지. 그날로 내 색시가 되었지. 우연이 필연이 된 거지. 자네도 기다리면 어느 날 빛이 보일 거야."

진료실 문은 굳게 닫혀있다. 담당 교수는 진료 시간에 맞춰 한번 오라고 말했다. 의례적인 말투였다. 발? 발이라고요?

중요하다고 말을 하지만 발은 존재감이 없다. 다만 땅 위에 직립하며 내리누르는 몸의 압박을 지고 걷는다. 발은 낡은 구두 한 켤레를 숙명이라는 갑옷처럼 입고 지표면과 싸운다. 미안한 느낌이 들어서 나는 잠시 발을 주물러준다. 오늘도 고생시키고 너무 부려 먹어서 미안하구나. 오늘도 이만 보 걸었다. 하필 발을 전공해서 발의 운명처럼 생고생 길로 접어들었구나.

마지막 환자가 나오자 간호사가 들어오라는 눈짓을 했다.

"발을 전공하셨다고요?"

목례하고 가만히 서 있는 내게 교수가 물었다.

"네. 포다이어트리스트[1]입니다."

"아이고, 이거 귀한 분이 오셨네. 국내 들어온 지 얼마나 됐나요?"

"6개월 지났습니다. 일하고 싶습니다."

"근데 요즘 병원에 환자가 없어요. 더군다나 우리나라 병원 편제에도 없는 분야를 전공했으니. 힘들 겁니다. 여기는 외국과 달라요. 우리 의료계가 배타적이죠."

이 정도면 꽤 예의를 갖춘 거절인 셈이다. 지인의 소개를 받아서 만난 유명 병원 원장은 더 노골적이었다.

"하필이면 왜 냄새나는 발을 공부한 거죠. 발이 뭐 그리 대단하다고 거기에다 시간을 허비한 것입니까. 너무 앞서갔어요. 한 이십 년쯤 후면 모를까?"

그런 식의 거절과 비아냥이 몇 번이었는지 세기도 지칠 무렵이었다. 원장이 나를 데려간 곳은 지하층이었다. 망치 소리와 그라인더 기계음이 들리는 그곳은 보조기

---

1) podiatrist: 족부 의사

를 만드는 방이었다. 원장은 내가 무엇을 할 수 있는지 알아보려는 것일까. 그는 내게 다가와서 속삭였다.

"쥐 죽은 듯이 조용히 지내세요. 어디다 개업할 생각은 말고."

한국으로 돌아오기 전에는 안정된 직업과 병원 일에 자부심을 느꼈었다. 시간을 거슬러 돌아갈 수는 없었다. 그런 생각을 하며 온종일 돌아다니다가 집으로 돌아오면 방문 앞에는 어느 거리에서 주인보다 먼저 인기척을 내었던 신발 세 켤레가 가지런히 잠들어 있었다. 직장을, 돈을 가지고 싶어 안달하면서도 이상스럽게 욕심을 버려야 한다는 생각이 들었다. 배가 고플 지경으로 뭔가를 더 버리고 나면 스스로 성숙한 인간인 것처럼 느껴지는 건 아직 더 버릴 것이 남았다는 뜻일까. 낡은 구두를 신고 끼니 걱정을 하며 단칸방에 살면서 무엇을 더 버릴까.

답답하면 심 씨를 찾아갔다. 그를 찾아가 그르렁거리는 음성을 들으면서 스스로 마음을 치유하는 버릇이 생겼다. 그날따라 심 선생은 연신 기침하면서도 농담을 건넸다. 바닥에는 굽이 부러지고 구두코가 까진 하이힐이 누워있었다.

"건강검진 받아보세요."

"이거나 받게나."

심 씨는 내게 검은 비닐봉지를 건넸다. 열어보니 구두 한 켤레가 들어있었다.

"돈 많은 놈이 버리고 간 구두를 새것과 다름없이 내가 고쳤네. 그래도 명품이야. 마찬가지로 세상이 변하려면 빨리 죽을 수 있는 사람이 많아지는 게 좋은 거지. 자네도 늘 좋은 것만 기억하게."

 좋은 것만을 기억하고 살기로 작정한 다음 날, 그다음 날도 구둣방 문은 굳게 닫혀있었다. 그때마다 내가 들고 갔던 막걸리는 내 목구멍으로 넘어갔다. 명품 구두 대신 나는 여전히 문밖에서 내 발에 익숙한 낡은 구두 한 켤레를 신고 있다.

(2025년 《문학나무》 여름호)

후추나무

별빛이 아름답게 흐르는 밤 풍경 속에 후추나무 한 그루가 서 있었다. 나는 이 후추나무를 사랑하는 남자. 내가 태어난 해 그러니까 50년 전, 아버지는 어린 나무 한 그루를 심었다. 질긴 생명의 뿌리가 부드러운 흙을 뚫고 뻗어 나갔다. 나는 후추나무를 아주 잘 보살폈다. 주변에 고랑을 만들어 물이 잘 빠지도록 했고 봄가을 퇴비를 주었다. 해충을 제거하고 가지를 잘라주어 곧게 자라도록 했다. 묘목이 젊은 나무로 자라나는 것을 나는 지켜보았다. 그 후추나무 아래 내가 사는 오두막 한 채가 있다. 산들바람에 흔들리는 후추나무 긴 그림자가 내가 잠든 방 창문을 감싸고 나를 위로해주었다. 나무는 사색할 수 있는 그늘을 내게 만들어주었다. 내가 키운 후추나무는 캘리포니아가 원산지였다.

 원래 인도 남부가 원산지인 후추나무 열매, 후추는 세계사 흐름을 바꾼 향신료다. 후추를 손에 넣기 위한 십자군

전쟁이 지중해에서 벌어졌다. 오죽하면 후추를 못 먹어 죽은 사람은 없어도 후추 때문에 죽은 사람들은 셀 수 없다고 했던가. 대항해시대에 접어들어 후추는 병을 쫓고 부를 상징하는 향신료로 등극했다. 한때 금보다 후추의 몸값이 높았다. 비잔틴 제국이 무너지자 후추 한 주먹은 노예 열 명과 맞먹을 정도였다. 때를 잘 만나야 좋은 대접을 받는 법. 누린내 나는 생고기에 뿌려 향미를 좋게 만드는 후추는 귀족들의 과시용 사치품이었다. 덜 익은 열매를 볶아서 검정 후추를 얻고, 잘 익은 빨간 열매로는 흰 후추를 얻었다. 음식에 금을 뿌려 먹는 것과 마찬가지랄까. 후추는 금고에 보관했을 정도였다. '고작 양념인 주제'가 아니라 '후추를 얻는 자 세계를 얻으리라'였다. 그러나 인간의 탐욕은 후추를 흔한 양념으로 전락시켰다.

2년 전, 시 당국 공무원이 내 후추나무에 사형선고를 내렸다. 베어버리거나 옮겨 심으라는 행정명령이었다. 생명력이 강한 나무뿌리가 집 앞 도로 아스팔트를 뚫고 나왔기 때문이었다. 인류역사상 최고의 향신료인 후추를 선사해 온 나무에 사망 선고라니. 나무뿌리를 뽑는 일은 목을 졸라 죽이는 것과 다름이 없다. 후추나무가 길을 뚫고 나오는 것은 나무로서 자연스러운 삶이 아닌가. 나무를 베고

뿌리를 파내지 않으면 도로복구 비용과 제거 비용을 모두 청구하겠다는 공무원 나리의 생각은 어디서 온 것일까.

나는 후추나무를 진심으로 사랑했다. 생사고락을 함께한 후추나무를 없애라는 공무원들 명령을 받아들일 수 없었다. 한동안 이런저런 핑계를 대며 나무 제거 명령 기일을 미루었다. 공무원들도 나무보다 아스팔트 포장도로를 더 사랑하지 않으리라 여겼기 때문이었다. 그러나 내가 나무를 훈련해서 홀로 걷게 만들기 전에는 다른 방법이 없었다. 법규를 읊조리는 공무원 앞에서 나는 주눅이 들었고 후추나무 걱정으로 얼굴에 주름살마저 늘었다. 나무 한 그루의 생명도 내 맘대로 할 수가 없었다. 옮겨 심는 비용은 감당하기 어려웠다. 뿌리를 다쳐 살아남기 힘들다는 전문가의 조언이 있었다. 마지막 제거 명령 지정일 전날 나는 인부들을 불렀다. 장의사를 부르는 심정이었다. 차마 내 손으로 후추나무를 죽일 수는 없었다. 나무는 세월의 나이테를 드러내고 쓰러졌다. 내가 이 세상을 떠나도 후추나무는 살아남기를 바랐다. 내가 없는 미래 세계는 좀 더 특별하고 재미날 것이 아닌가. 올해 새로 뽑힌 시장님은 사랑하는 나의 후추나무를 되살려낼 수 있을까. 나는 복수하고 싶었다.

꿈속에서 나무 인간이 된 나는 숲의 나무들에 소리쳤다. 대지의 주인은 나무. 흙에 뿌릴 내리고 사는 나무. 포장도로를 만드는 인간이 아니라 지구의 주인은 나무. 떠돌며 유랑하는 인간이 아니라 오늘도 베이고 불태워지는 우리들, 나무.

내게 모든 것을 준 나의 후추나무. 내가 죽은 이후에도 천 년을 살아 땅을 지키는 나무. 후추나무는 청년처럼 튼튼하게 성장하여 뿌리를 넓혔다. 바람결에 흔들리는 나무는 지붕을 만들고 쉬는 사람들을 품어주었다. 사랑스러운 내 아이를 뿌리째 뽑다니. 내 육신 같은 후추나무 허리를 전기톱으로 잘라버리다니. 비바람이 몰아치는 날이면 나는 나무들의 울음소리를 들었다. 공무원들은 저 푸른 나무들의 생명을 왜 앗아가려고만 하는가. 수많은 나무를 자르고 고작 스키장을 건설한다는 말인가. 죽은 후추나무의 원혼을 달래려고 나는 시장님께 편지를 보냈다.

시장님 귀하. 당신들은 내 후추나무에 사형선고를 내렸습니다. 내 사랑은 죽고 말았지요. 톱질로 가지와 몸통을 자르고 밑동과 뿌리를 파헤쳤습니다. 두려움에 떨며

우는 나무를 보신 적이 있으신가요. 당신이 만든 도로망 확충 계획과 도시개발 청사진은 이제 그 대가를 지급할 것입니다. 나는 지난 2년 동안 내가 이 도시 발전에 기여할 나름대로 계획을 시행했습니다. 이제 나는 막 그 열매와 과실들을 수확할 것입니다. 지금도 늦지 않았으니 나무들을 살려주십시오. 당신이 전혀 모르는 일이라면 부하 공무원을 시켜서라도 당장 살려주세요. 이만.

어둠이 몰려오는 저녁 무렵, 나는 접이식 삽과 1년생 묘목들을 배낭에 챙기고 도시 한가운데 숲으로 갔다. 후추나무를 기리기 위해 그간 나는 백육십 그루 어린 나무들을 사서 심었다. 거대한 나무로 자라날 오십 그루의 캘리포니아 레드우드와 백 그루의 자이언트 세쿼이아와 열 그루의 바오바브나무를 한밤중에 몰래 심었다. 2000살까지 거뜬히 사는 바오바브나무는 이곳 겨울 날씨에 한 해를 제대로 살아보지 못했다. 하지만 최대 2700살까지 살아갈 캘리포니아 레드우드와 자이언트 세쿼이아 나무들은 잘 자라고 있다. 나는 이 어린아이들을 관공서 주변 공원들과 시 소유의 공터에도 심었다. 지금 이 시각 나무들 뿌리는 땅속을 파고들어 자신의 삶터를 만들고 있을 것이다. 나무들은 최소 30m에서 90m까지 살아있는 거인들로 자라날 것이다. 어느 날 누군가는 시청 정문 앞 공터에 웅장한 나무가 자라나는 것을 볼 것이다. 하루가 다르게 크는 나무들은 내년쯤 그늘 쉼터를 만들어 줄 것이고 시민들은 그 아래서 낮잠을 즐기거나 더위를 피해 쉬어 갈 수 있겠지. 나는 죽는 날까지 나무를 심을 계획이다. 나무들은 2500년 이상을 살아남아 나를 기억하겠지. 오늘 나는 나무 두 그루를 시장 저택 담장 밖에 심을 작정이다.

시장님, 이미 당신 저택 둘레에 힘이 센 열 그루 거인들을 박아놓았습니다. 그 나무들을 제거하려면 돈이 좀 필요할 거예요. 공무원인 당신은 언젠가 그 자리에서 물러나겠지요. 거인으로 성장한 나무뿌리가 당신들 집 지하실을 파헤치며 들고 일어서도 놀라지 마십시오. 우선 오늘까지 백육십이 그루 나무를 심는 것으로 후추나무를 향한 내 사랑을 실천했습니다. 후추나무를 위한 나만의 복수를 시작한 셈이랄까요.

그러나 정말 매운 맛은 이제부터입니다. 기대하세요!

(2024년《문학나무》겨울호)

해설

이토록 보드라운 복수, 그 위무의 기원

―황유지(문학평론가)

"부끄럼 많은 생애를 보냈습니다"[1]라는 고백의 문장을 여기에 놓아보고 싶은 건 소설집을 읽고 나니 어쩐지 남는 정념의 초상 때문이다. 사람이 어렵고 사랑이 두려운 이의 선택은 술, 담배, 모르핀, 창녀와 같은 매개를 경유하는 것이었고 그런 우회의 노정은 결국 스스로 '실격'을 선언하게 했음을 우리는 잘 알고 있다. 사소설로 분류되는 『인간 실격』의 인물 오바 요조는 다자이 오사무의 투영으로 평가되는데, 작가의 삶이 공공연하게 알려진 이와 같은 사례가 아니더라도 작품과 작가의 관계는 언제나 연구자를 유혹한다. 인물과 작가의 관계에 대해

---

1) 다자이 오사무, 『인간 실격』, 김춘미 옮김, 민음사, 2004, 13쪽.

우리는 이렇게 질문할 수 있다. '작가와 작품을 분리할 수 있는가?' 특히 작품이 작가가 처한 현실과 일견 닮아있을 때 작가의 삶은 참조되기 마련이다. 이런 인식은 우리가 셰익스피어를 언급할 때 응당 그의 작품을 가리키는 것과 같이 작품과 작가 사이를 환유로 묶는다.

그런 면에서 이 소설집에 실린 아홉 편의 소설은 실존 인물을 조명하는 소설, 작가의 경험에 근간한 소설 그리고 완전한 허구의 것으로 구분할 수 있다. 그러나 이런 구분은 곧장 무색해지고 마는데, 그것이 어디에서 기원했든 작가가 욕망하는 상이 하나로 수렴되기 때문이다. 그렇다면 그 지향의 끝점에 서 있는 인물의 형상 파악, 그것이 박인 소설의 중핵을 가려내는 일이 될 것이다.

「녹주」, 「판라꾸」, 「김산을 따라서 전진」은 사적(史的) 맥락에 놓인 인물을 전경화한다. 한 시절을 풍미했던 실존 인물을 일으켜 세우는 것, 그런 일은 왜 필요한가? 지젤 사피로는 그 이유에 대해 "인식적 무의식에 대한 사회사(histoire sociale)를 완성하기 위함"이라고 답한다.[2] 그는 브루디외를 인용하며 작가와 작품의 관계는 외재

---

2) 지젤 사피로, 『작가와 작품을 분리할 수 있는가?』, 원은영 옮김, 이음, 2025, 198쪽.

적 요소를 비롯해 내재적 요소까지도 고려하여 지속적이고 반복적으로 일으켜 세울 필요성이 있다고 부연한다. 브루디외가 나와서 말이지만 아비투스란 개인에게 축적되기 이전 한 집단의 사상이나 성향을 전제하는 것이기도 할 터, 시대의 정의나 감수성의 문제는 얼마든지 다시 쓰기-읽기가 가능해진다.

  희대의 비겁자, 파렴치한 고문 기계 하판락에게 고문을 당한 이가 사망하자 그 아들이 아버지를 국가유공자로 추대하기 위해 하판락을 찾아가는 서사를 중심축에 두고 고문관의 악행을 고발하는 「판라꾸」나 독립투사의 묵직한 아우라를 전하는 짧은 소설 「김산을 따라서 전진」의 경우는 그 명백성으로 인해 논할 바가 많지 않은 데 반해, 「녹주」는 그 결을 달리한다. 이 이야기가 새로운 것은 아니다. 익숙한 이야기를 각색한 이 소설은 소설적 성취에 가려진 한 인간의 면모를 들추어낸다는 점에서 소설가이기 이전 인간 김유정의 재현이라는 소설적 기능을 수행한다. 이런 재현은 두 가지 면에서 사피로의 되살려내기에 부합하는데, 김유정이라는 인물의 재평가와 사랑이라는 사회문화적 양식에 대한 재평가가 그것이다. 무릇 사랑이라는 것이 우격다짐, 패기 따위로 한 사람을 쟁취하는 행위가 아님에도 김유정의 그것은 시절의 성인지감수성과 더불어 동백꽃의 내음에 가리워지기도 한 것이다. 물론 이 재현의 수행에서 작가가 김유정을 비판적으로 본다고는 할 수 없다. 그러나 이 소설에 미덕이 있다면 김유정을 미화하지 않으려 애쓴다는 점이다. 3인칭의 시선은 그런 노력의 일환일 텐데, 그럼에도 작가가 김유정의 행각을 모종의 가련함으로 바라보고 있다고 여겨지는 건 왜일까?

녹주가 어머니를 닮은 것이 화근이었다. 유정은 응석을 부릴 어린 나이 일곱에 어머니를 여읜 탓에 아버지로부터 더욱 남자다울 것을 강요받으며 자랐다. 아버지마저 세상을 뜨자 유정은 더욱 침울해져만 갔다. 그의 나이 고작 아홉 살 때였다. 큰형의 방탕한 생활로 천석지기 집안이 기울어 생활이 어려워지기 시작했다. 유정은 품속에 늘 어머니 사진을 지니고 다녔다.
―「녹주」중에서

사실을 옮겨놓았을 뿐인 이 대목에서 우리는 뜻밖에

김유정 쪽으로 퍽 치우친 작가의 시선을 읽게 되는 것이다. 그런 유정을 이해한다는 다음 문장은 녹주의 것임에도 발화의 자율성을 확신할 수 없는 데다 이 사랑을 돈키호테적이라 빗댐으로써 편파성에 대한 의심은 확신이 되고 만다. 작가는 김유정을 동경하는 것이 아니다. 자신과 겹쳐 보기, 온전히 이해하(려)는 것이다. 그런 맥락에서 「다시, 봄」의 인물은 김유정과 공명한다. 결코 아름답지 않은 이 사랑은 조르고 매달리고 으르고 화를 낸다. 여기까지 읽고 나면 기미를 보이던 사랑에 대한 작가의 지론이 독자의 해석과 기어이 결별한다. 그러한 결별, 롤랑 바르트식으로 저자의 죽음이 텍스트의 풍부한 해석, 다시금 지나간 이야기를 기어이 써낸 이유를 제공하는 분기점이 되는 것이다. 사랑에 대한 해석은 우리가 김유정을 다시금 보게도 하지만 한 청년과 끝내 결별하지 못하는 작가에게 새로운 이해와 이별을 선물하기도 할 것이다.

*

　어머니 부재가 아버지나 큰형이라는 폭력적 남성상으로부터 유정을 지켜주지 못하는 원인이라면 아버지의 부재와 모성의 친밀감 탈각은 보다 전면에 작가가 드러나는 작품군에서 서사의 동인이 된다.

「영(靈)을 만나서」의 어린 화자는 가히 이 소설집의 인물을 통틀어 가장 수고로운 인물이기도 하다. 무당집 소녀가 귀신을 이겨내지 못하고 앓을 때 소년은 창이 형의 혼을 보고, 정옥이 누나의 유서를 빼내어 읽고는 그 복수를 다짐하며 쇠못을 벼리는 것이다. 부당한 죽음이 어리고 가난하고 정의로운 자들의 생을 하나씩 앗아갈 때 쇠못 칼은 빠져나간다. 주머니에서 분실되고 마는 쇠못 칼은 화자의 무능을 가리키기는커녕 어린 소년이 다만 목도할 수밖에 없었던 시절과 사건의 무게를 가늠하게 하는 것임에도 거기에 복수하지 못한 자의 죄의식이 묻어 있다면 그건 어른인 작가의 투사일 것이다. 어린 화자는 '보는 자'인 것이다. 다자이 오사무의 분신 오바 요조가 '보는 자'를 자처하는 장면에서 그의 지켜보기는 분명 수치심을 누적, 강화하는 실패의 행위이다. 그는 층계참에서 아내가 겁탈하는 모습을 가만히 지켜보는데, 주체의 무능처럼 보이는 이 지켜보기는 겁탈의 가해자가 아내에게 일감을 주는 자본가라는 점에서 인물의 (그릇된) 선택이기도 한 것이다. 반면 「영(靈)을 만나서」의 어린 화자가 보는 행위는 가혹할지언정 이 연약한 인물에게 한 시절의 장면들을 결코 잊지 않게끔 하는 자못 숭고하기까지 한 각인 행위이다. 그건 이 아이가 귀신으로 상징되는 '남들이 보지 못하는 것'을 보는 자이며, 그는 곧 보고 기억하고 쓰는 자일 가능성을 가진 이이기 때문에 부여된 수행이다.

이 소설은 박인의 화자들이 공통적으로 전유하는 자존의 상태, 즉 열패감과 수치심의 원인을 보여주는데, 아버지의 부재와 그 대리인으로의 맏형, 맏형의 패악을 때로 지지하고 때로 눈감는 어머니라는 존재가 그것이다. 이는 소설집 곳곳에 포진하며 심리의 근원지로 내밀어진다. 아버지라는 초자아, 세계의 법률이 부재하는 곳에서 모성이 그 대리인으로 자리해야 했던 구도는 전후 소설에서 흔히 보이는 양식이다. 이 경우 모성은 아버지의 역할을 하느라 제자리를 이탈한다.

소설집에서 아버지의 부재 원인은 「수안」에서 보듯 1980년 5월로 옮겨오며 그 죽음의 불확실성에 기인한 어머니의 혼란은 또 다른 부재 즉 모성의 친밀성마저 탈각하는 계기로 내밀어진다. 거기에 「영(靈)을 만나서」에서는 맏형의 폭력을 훈육이라는 명분으로 묵인하고 지지하는 모습으로 어머니를 불신의 대상으로 밀어버리기도 한다. 그러니 부재하는 것은 부성의 존재뿐만 아니라 정서적 모성도 마찬가지라는 것이다. 이런 구도에서 화자가 적음(「소리의 아버지」)이나 구둣방 노인(「구두 한 켤레」)과 같은 인물에게 무턱대고 마음을 주는 것은 아버지의 자리를 스스로 메우려는 행위일 수 있을 것인데, 이런 아비의 형상이 무척 왜곡돼 있음은 그 원본의 상이 제대로 자리하지 못한 원본 없음에 가깝기 때문은 아닐까 짐작하게 된다. 그러면서 어머니와의 친밀감 상실은 인물들이 여성과의 친밀성 쌓기를 어느 지점에서 기어이 무르는 이유로 설명된다.

이런 맥락에서 「소리의 아버지」는 기이하기 짝이 없는 적음이라는 인물을 추앙하는 한 청년의 발자취를 따라간다. 소설 속에서 '땡초'라 불리는 적음은 괴승의 행색으로 기행을 일삼는다. 누더기를 입고 탁발이라는 명분으로 남의 돈을 추렴해서는 모조리 술을 마셔버리고 허청거리는 스님이라니. 여러모로 기함할 행적들뿐인데도 그는 작가에 의해 도저한 맑음으로 치환된다.

적음을 중심에 놓는 이 소설을 가만히 들여다보면 한 귀퉁이에 적음을 만났을 시절 작가의 모습이 들어앉아 있다. 그는 어쩌면 그 시절의 귀기(鬼氣)를 바라고 있는 것일까. 세상과 단절하여 돈 따위에 구속되지 않으며 되는대로 얻어서 마셔버리고 시나 노래를 읊조리는 적음이 그에게는 진정한 자유, 달관의 경지에 다다른 듯 보였던 것일까. 잠자코 술 시중을 들며 피를 토할 때까지 마시고 글을 썼던 그 시절의 자신에 대한 애정, 그때의 열정에 대한 재회의 욕망이 이 소설의 저류를 단단히 떠받치고 있는 것처럼 보인다. 그런 면에서 적음은 욕망의 대리인, 작중 화자 '나'의 욕망에 대한 중개자이기도 한 것이다. 욕망하는 것에 매끈하게 가닿을 수 없는 구조로 인해 주체가 중개자의 모습을 모방함으로써 대상을 간접적으로 욕망한다는 르네 지라르[3]의 이론에 기댈 때 적음의 추종은 '나'의 욕망을 들여다봄으로써 이해 가능해진다. 그러한 욕망의 연장에서 소설의 화자 '나'들이 여성과 연결되는 관계의 실패는 앞서 언급했던 것처럼 어머니와의 정서적 관계에 근간하면서도 그 양상이 매우 독특하다.

여기서 다시, 다자이 오사무의 자전적 인물 오바 요조

---

3) 르네 지라르, 『낭만적 거짓과 소설적 진실』, 김치수, 송의경 옮김, 한길사, 2001. 자신의 내부에서 욕망을 끌어내지 못하고 다른 사람을 대리인으로 상정하고 목표에 도달하려는 이들의 특징은 그 '모델'을 모방한다는 것이다. 이런 외적인 모방은 작중 화자가 적음을 좇으며 술을 마시고 글을 쓰며 병을 앓고 사랑을 방기하고 그것을 일종의 경지로 삼는 것에 정확히 대입 가능하다.

를 소환해보자. 주지하듯 이 소설이 허구와 사실의 경계에서 소설이라는 형식에 기대고 있긴 하나 요조라는 인물은 작가 자신의 분신이나 다름없다. 스스로 인간 실격이라는 선언을 하기에 이르는 자존의 말살은 존재의 무화라는 점에서 사르트르를 상기시킨다. 이런 존재의 무(無)는 그의 마조히즘에 닿는다. 프로이트가 자아의 성적 욕망을 중심에 놓고 그것을 억압하는 초자아의 도덕성이 잉태한 죄의식으로 설명하고, 들뢰즈가 역으로 자아가 초자아를 무력화하는 작업으로 정의한 마조히즘을 사르트르는 타자와의 관계 맺기에 실패한 주체의 자기사물화로 인한 수치심이라 정의한다. 여기에 따를 때 '부끄럼 많은 생'을 이해할 토대를 발견할 수 있는 것이다. 그리고 우리는 이와 퍽 닮은 인물의 태도를 박인의 소설에서 발견하게 된다.

    금하는 나만을 사랑한다고 말했다. 나는 코웃음을 치며 사랑 따위는 연연하지 않을 것이라고 말했다. 자존심이 상한 금하는 보란 듯이 그에게 갈 것이다. 나는 만나고 헤어짐에 연연하고 싶지 않았다. 내 청춘은 미래가 없었다. 금하를 떠나보낸 나는 술로 몸을 학대했다. 내 육신은 머리를 장식처럼 달고 다녔다. 그 벌을 받을 차례였다.
—「소리의 아버지」 중에서

내가 나의 주체성을 무로 인식하는 그런 방식으로, 타자에 의해 나 자신을 사물화하려 시도함으로써 종국에 주체성 '제로'에 이르게 되는 것이 사르트르의 마조히즘이다.[4] 이런 구조 안에서 앞으로 나아가던 관계의 발걸음이 우뚝 멈추는 것은 예견된 실패이기도 한 것이다. 예측할 수 없는 이탈에 대한 욕망 그러한 클리나멘이야말로 사랑의 본질에 가까울 텐데, 이 소설집의 인물들은 그런 사랑을 타인의 행적을 통해 다만 욕망할 뿐 실패할지도 모를 사랑은 전적으로 거부하는 것이다.

한편 '육보시'란 이름으로 금하를 '바치는' 일은 클리나멘을 타자를 경유해 대리 욕망하는 마조히즘적 행위라는데 겹쳐 또 다른 의미로도 읽어볼 수 있다. 애초 타인의 몸을 바치느니 마느니 종용하는 것도 이상할 노릇

---

[4] 장 폴 사르트르, 『존재와 무』, 정소성 옮김, 동서문화사, 2009. 질 들뢰즈, 『질 들뢰즈-매저키즘』, 이강훈 옮김, 인간사랑, 2007 참고.

이지만 무릇 육보시란 자신의 육체나 생명을 베푸는, 온 몸으로 빈 몸만이 남게 하는 수행 덕목일 진데, 어째서 금하의 성을 적음에게 바치도록 종용하는 것일까? 이 의문에 대한 답을 구하기 위해 우리는 적음이 작중 화자(또는 작가)의 또 다른 대리인이기도 하다는 추측을 마땅히 할 수 있다. 적음이 만약 아버지의 대리인이기도 하다면 "금하는 내 엄마를 똑 닮았구나"라던 적음의 말을 화자가 거부할 수 있을까? 「녹주」의 유정을 연민하는 작가의 분신들은 어머니를 닮은 이를 사랑하면서도 어머니이기 때문에 (그러면서도 정작 어머니는 아니다) 주춤거리다 물러서 버리는 편을 택하지 않던가. 그러니 적음이라는 자신의 초자아 다름없는 이의 사랑을 이루어주고 싶은 이상스런 충성심이 발현되고 만 것은 아닐까. 앞서 박인 소설에 드리워진 최후의 형상, 그것을 찾고자 하는 노정은 결국 부재하는 한 남자의 존재, 그 텅 비고 묵직한 그림자에 수렴되는 것이다.

*

이제 허구의 이야기를 경유하며 이 글을 추슬러보자. 「후추나무」는 한 편의 동화 같은 이야기다. 기실 후추는 나무의 형태로 자라지 않거니와 넝쿨을 기댈만한 나무에 의지해 자라나는 식물인데 그것을 아버지가 심은 인물의 분신으로 치환함으로써 그것은 작품 속에서, 독자의 상상 속에서 아름드리로 굵다랗게 자란다. 급기야 아스팔트를 뚫고 나온 후추나무를 베어버리라는 행정의 명령이 내려지고, 화자는 이에 '복수'하기로 한다. 그런데 복수라는 것이 시청사와 시장의 집 주변에 후추나무를 그득 심는 일이라니, 여기서 다시금 「영(靈)을 만나서」의 어린 화자가 자지러지듯 뛰다 흘려버린 쇠못 칼이 환기되는 건 복수라 말하지만 저 마음의 저류에 흐르는 것은 연약한 것들의 목소리를 살려내려는 안간힘이기 때문일 것이다.

공무원인 당신은 언젠가 그 자리에서 물러나겠지요. 거인으로 성장한 나무뿌리가 당신들 집 지하실을 파헤치며 들고 일어서도 놀라지 마십시오. 우선 오늘까지 백육십이 그루 나무를 심는 것으로 후추나무를 향한 내 사랑을 실천했습니다. 후추나무를 위한 나만의 복수를 시작한 셈이랄까요.
―「후추나무」 중에서

다정하고 무해한 것이 오래 남는다고 믿는다. 그건 힘이 세다. 누군가를 위하는 마음, 속절없이 떠나버린 것들에 대한 끈질긴 미련, 그러나 책임의 완수가 불가하면 먼저 돌아서는 저어함, 그런 뒤에 홀로 남은 자책과 부끄러움 그런 것들이 차곡차곡 쌓여 한 작가의 인물에 담긴다. 기차에 눌려 납작해진 못을 공들여 날카롭게 갈아 만든 쇠못 칼은 누군가에게 위해를 가하기는커녕 어린 화자를 부정의 앞에 데려다 놓고 똑바로 보게 하도록 이끌 따름이다. 지켜본다는 것, 그것은 끝내 잔혹함과는 먼 한없이 보드라운 복수가 된다. 그것은 기억하는 일이기에 차라리 어떤 시간의 복원에 가까워서 누군가의 원혼을 위무하는 듯 보이는 것이다. 이제 쓰는 자[5]에서 보는 자로, 그리하여 타인에게로 그 손길을 뻗기를 다음의 박인에게 기대해 본다.

---

[5] "아아, 호모 스크리벤스여! 나는 너의 뒤를 따른다" 박인은 소설집 『말이라 불린 남자』 〈자서〉에서 '쓰는 인간'에 대한 경의를 표하고 있다.